in my mind

in my mind

那天下午在星巴克

王運如——著

目錄

目錄

如，時間過得蠻快，你往生已百日了，這些時間世間發生不少事，你雖然關注，但你最關心的是你遠在美國的兒子及孫女，更關心在身邊的女兒，再來是我。你說你是家中支柱，要吃好、睡好……最後才是自己，即使在病中。平時拿買衣服來說，替孩子買好的要體面，吃大飯店長見識。自己從不買百貨公司專櫃的衣服，買的是平價市場的廉價服裝，回家自己改改，還總誇不比名牌差吧！但是，對我從不手軟，總說不能太寒酸，寵我。

癌末後，病日趨嚴重，才透露如何從7歲離開母親、繼父的家後，投靠在北投的舅父，後為養父母。由於養母病重，改入薇閣育幼院，自此成為孤兒，磨難開始，經北一女、師大，所受生活困苦外，最折磨的是心靈的孤獨，非一般人所能承受。

如，今天坐在你靈骨灰罐前，面對你獨自坐在靈骨塔間，淚眼模糊跟你說說以往……。耳邊響起：「我們以後再不會是一人了！」我環顧四週，只有女兒再無旁人，……這句我們結婚當晚你說的第一句話，是幻聽，還是你告訴我：「你不會離開我，永遠在我身邊。」

如，你的靈骨灰罎放在台北市近郊，坐捷運可以到，且有接駁車，安全方便。我買了豎鄰兩塔位，中間可以打通，一塔位可放二位，預備了我與女兒的。女兒說的好：「媽媽，將來在天上，我們一家三人，還是在一起的，你放心。」想起英語歌詞 — You will always live in my memory。

1962 年在國立台灣師範大學藝術系的雕塑教室初見面！我們都是跟著陳銀輝老師學素描！

當年 19 歲的她祖籍河南，成長在台灣，皮膚白皙、清新美麗如一朵帶細刺的白玫瑰，身材高挑纖細，臉上有一對充滿靈性的黑眼睛，及微微帶有雙下巴的臉，她是細緻美麗的女孩。不禁聯想到李延年的詩句「北方有佳人……佳人難再得！」

詩詞、音樂與美學是我們共同的興趣與愛好，同為浪漫的理想主義者，因此成為莫逆之交！下課後經常在羅斯福路二、三段兩人住處之間的木棉花路上徘徊，談天說地交換彼此的觀念！

畢業各奔西東，再見面已各自有家庭及唸小學的孩子們了。中年之後的人生各有不同的困境與辛苦，如果沒有尋找精神上的空間呼吸，苦悶沒有可以抒壓的管道，人可能會崩潰。

她寫小說、寫散文、寫詩，寫下了自己，也救贖了自己！
在寫作之中，感情、激情、痛苦、憎惡，全部得以昇華！

好友運如二十年來在部落格寫了無數詩篇與散文，第一本詩集于 2021 年 5 月 5 日出版，也出版一本小說回憶她薇閣童年。超過數十萬字寫下來了，證明她自己的存在，也證明她才華沒有被埋沒，這是多麼重要的事情，即使生活再困頓、生存空間再惡劣，她的精神永遠不會被扼殺，她是朵堅強的玫瑰！

王美青

以往的我，在任何地方總是健步如飛，街上任何景致都看到了，但轉瞬即逝。那情況可以用來做一種人生的比擬，能夠健步如飛、行動自在的都屬於人生的勝利組，佔盡一切便利和優渥。

而今天我慢步走在街上，不是在悠然欣賞街景，而是因為引流膽汁的傷口不時隱隱作痛，只得慢行。而這慢行的步伐和不趕任何行程的餘暇，竟讓我有空更仔細更真切地目睹平日早已見慣的街景，有如圖畫一般嵌在街面上。

發病至今也已將近 1 年，不管等的是什麼，光陰都飛快地過去，尤其夜深人靜的時刻，好像連時光的腳步都能聽得清晰。

開始時很不習慣，怎麼還有自己什麼也做不得主的時候，既不知生也不知死，像時鐘停擺了，被丟棄在一旁，整個人生被宣布報廢了，再也沒有挺背直腰的機會，那真的很無奈。因為我只聽說過癌，卻從來沒想到它和我會扯上關係，會對我的生命以及生活發生什麼影響。一切感覺都那麼不夠真實，好像有人隨口跟我說了個根本與我無關的笑話，可又讓我笑不出來。

記得第一次住院回來，銜著醫生的預估：你只有兩個月的存活時間。回到家，對一切驟然感到陌生了，兩個月之後我就永遠離開，這裡的一切都再也與我無關。雖然曾經想過人死了可能會去

哪裡？可能悠遊太空？但那多少都帶著一點冥想的詩意。而今卻不只是我的想像而已。

渾渾噩噩地，日子一天天過去，木然的感覺似乎漸漸甦醒，對著書房裡的書，也有了再拿幾本出來讀讀的欲望，時間不都一樣地過嗎？你在意它也好，無視於它也好，它只管自己運行不息，不會是你的朋友，也不會是你的敵人，它只管不停的走過去，從來不會回頭，也從來不會有什麼追悔，那我為什麼要在意它怎麼從身邊經過？又為什麼要在意它走得多快或多慢？

昨晚終於開始重讀了本談馬克吐溫的作品，印象早已經模模糊糊，再讀之下也有恍然如此的感悟。在等待與無所待的當下，其實享受到的趣味還是一致的。就在自我感覺良好的狀態下，不正是度過光陰荏苒的最佳方法？

慶幸當時沒有選擇開刀，一個不能有任何動作的植物人軀體一躺經年，不滿身褥瘡才怪。而今不論歲月是短是長，還能自我掌握大部份的活動，我已經很滿意很感恩。就任由時光流逝，而自我能自找一些樂趣。

自言・自語

他，一向與孤獨相處得好；

人間的美好，

這時似乎又對他笑臉相迎。

01

連串的問號

從外面回來，經過中心醫院對面那塊小廣場時，車水馬龍的街頭，突然傳來一聲長長聲嘶力竭的淒厲乾嚎，撕心裂肺般的淒滄。

一瞬間，路人都被那聲音裡深切的淒楚震撼到，每個人的眼神都呆滯了一下，卻又充滿問號，忍不住四下搜尋。

雖然也都明白不要有太明顯轉頭扭腰的搜尋動作，以免傷人自尊，最後還是找到了。該說，那發出聲音的形體自己現身了。一個瘦高個的中年男子，衣著還算周整，但是已經明顯的沾滿污跡。他前傾著身子，高舉著的雙手僵直地往他前方指點著、抓摳著。

他向著虛無的空間指點抓摳些什麼？他哀嚎的是為了什麼？他心中痛楚到非吶喊不可、再也忍不住的又是為了什麼？他經年是這樣魂飛魄散的狀態嗎？他的家人或是可能照顧他的人在哪裡？實際上有這樣的人嗎？

他蹣跚的步履要帶他的身心去到哪裡？他心中念念的是一種什麼樣的情緒和意念？是方才周遭的環境裡有什麼突然觸動了他？還是他不堪的記憶和創痛，沒有預警地突然回來招惹他間歇的平緩和休息？

一大串接連不斷的問號一齊湧上心頭。該是多脆弱的心靈？該是多沉重的衝擊？該是多難以承受日積月累的消磨？再也無能容納一絲絲的觸痛和傷害，於是就此崩潰。所有理智的掌控都消弭於無形，所有曾經的教養都支撐不住狂飆而來的風雷電火、地裂山崩，於是一個萬物之靈，就此連一隻動物所能秉持的沉穩和應對能力都渺無蹤影？

這時我看到就走在前面不遠處那對鄰居母女。女兒呆滯或沒事自己就微笑不止的神情，一向讓鄰近的人交換著疑惑的眼色。此時她默默伸手握住她矮小母親的手，那母親也默不作聲回握著她的女兒。

感覺上，那女孩是被方才劃破寧靜的那一聲淒厲嚎叫嚇住了，而她滯凝的沉默，代表的會是什麼？於心戚戚的感受？擔心總是粉嫩如桃李的雙頰有一天會頓成死灰？擔心哪一天自己的花樣年華，也會如此粉碎顛狂而一切都身不由己？

那不言不語的母親又在思忖些什麼？擔心著同樣的事情？心碎於曾經懷抱裡甜美的嬰兒，如今竟可能是社會摒棄的邊緣人？

那女孩會為自己的明天思慮嗎？除了藥物，她的情況還能依賴什麼？哀慟之外，她對人生還有信仰嗎？她對未來還懷抱希望嗎？

面對暗夜似的未來，她會徬徨無措嗎？那位母親肯定思慮過千百回了吧？無法揣測也無以想像。

而方才那像是失心瘋的男子呢？只這麼一分神，那蹣跚的身影又隱沒到這繁華街頭的哪一處暗角？看不到了，但似乎，還感覺得到嘶喊餘音的震顫。一個孤單寂寞或受傷的心靈，能幫到他什麼？或許，其實我也無能為力？

02

自我凝注下的獨白

畢竟年歲大了，體力再怎麼也比不得往昔，現在他看診，一星期也不過排上個兩天，主要目的還在排遣他自我的時間。如今身為醫院的董事長，如果是別人，早在家當老太爺了。即使新冠肺炎弄得每個人都緊張兮兮，他還是定時往醫院跑，那裡不論事大事小，他都樂意扛著。

平時老病號總挑他看診的那兩天來問東問西，該吃什麼藥？身體突然冒出來這疼那痠的該怎麼處理？他也耐心地幫他們仔細推敲，該檢查的該轉診的，毫不猶豫，讓他們猶如放下心中一塊大石頭般輕鬆滿意。

89歲高齡了，還被信任有加，不自覺得意未免有點矯情。倒是日常生活上卻越過越簡單，一日三餐都在住家或醫院附近的小館子解決，也是體諒老婆別再為三餐切切洗洗的操勞，自己老了，她不也一樣？甚至看起來更明顯。自己每天要面對那麼多人、那麼多事，至少頭髮總要定時剪染一番，衣裝也總周整得體，這是儀容問題，跟時髦扯不上關係，而這儀容，可是從年輕時代就從不疏忽的。可他老婆卻似乎有意和他唱反調，那一頭灰白得不勻稱的蓬鬆頭髮，說她幾次去整染一下，對她而言，都只像是耳邊一陣風。

今天從醫院看診後出來，就在附近一家小餐館午餐，台北的疫情

不算嚴重，餐館的生意也還好，看起來和往日相差不多。老婆前來會合，倒也方便。點菜之後，看著老婆到玻璃櫥櫃去拿小菜的背影，他心頭不禁湧起些微不曾覺察過的感觸。結婚這麼多年來，吃的、穿的都盡力維持在一定的水準。自己一向注重形象，穿著在同事朋友之間，總得到品味的肯定。而老婆似乎對外在形象並不在意，外出時兩人走在一起，經常讓他感覺有點尷尬。最不堪的時候，竟然還有人誤會那是他家請來的幫傭，豈不是太過分了點？

老婆很擅於理財，也不是做股票買基金，就是一個「省」字，其實以他行醫這麼些年又步步高升情況下的收入，實在沒必要省到那個地步。是什麼讓她如此在意手上的錢攢了多少？那麼沒有安全感嗎？他自己從來不為錢財的事擔心，只要醫術好，夠熱心，病患總來找他，有些簡直就像老朋友了。

有一對老夫妻總一道來看診，經常問長問短地當他是個生活顧問，老了嘛，疑難雜症難免就多了。那女病人和老婆同歲，可怎麼看起來就神采飛揚，一點不像上了年紀的人。有次他忍不住問：「我太太和我相差 10 歲，聽說夫妻相差 10 歲不太好，是不是？」這問題倒惹得對方笑了起來，說：「哪有這種事，徐醫生別聽人亂說。」是啊，都是相差 10 歲，這個人怎麼和自己老婆的個性那麼天差地遠的？

除了摳錢之外，老婆的性情安靜，菸酒不沾，麻將也不搓，實在沒什麼可挑剔的。可能就是那句話，每個人都有自己的個性，就此形塑了每個人一生的色調。年輕時看她秀色可餐，性情又嫻雅安靜，誰都說她個性隨和，他認定了她是個宜室宜家的好太太，這樣自己在事業上拼搏，豈不可以少擔不少家庭的後顧之憂。

如今卻看她每天哈著個腰、低著個頭，年輕時嬌柔的模樣滴水不存。不是自己挑剔，可這麼多年相處下來，隱隱然地還真有股說不上來的滋味。目前，老婆已經完全過著老年人的生活，比年輕時的衣著打扮更不成型。很有些衣裝、皮包之類的東西，不須她開口他就已經買來奉上，但也從來不覺得討得過她的歡欣。好像有人說過，吃也吃過了，穿也穿過了，然後就什麼也不在乎了。是這樣嗎？

這個說法乍看似乎成理，他倒是頗稱許新加坡滯港作家蔡瀾的說法。正因為什麼好的壞的都已經歷過，才有可能在不知不覺中就帶上一股質氣，不賣弄也自有一股風騷，那是指一種氣度，舉手投足間不自覺的灑然自在。如果說一切大波小浪都過了，到頭來卻什麼也不是的邊邊，那世間就真是毫無道理和價值可言。然而鐘鼎山林，各具天性，大約沒什麼對錯，也就沒什麼須得勉強。

人生，應該不只在青春年少的階段才最美，每一個時段，應該都

有那個時段的特色和風味。尤其到了老年，一生人的道路都已走過，回首來時路，可能有某種體會和覺悟，至少至少會有份適度的睿智，自我的定力。雖然年輕時光即使意氣風發，是再怎麼也無法回頭重來了，但是能有卓然的眼光和情懷，必然要高於自我年輕時代的氣度吧？老醫生自顧自掉進了自我的思維和回想，好像也已是種不自覺的習慣。

這麼些年下班回家，除了吃飯，和老婆好像也沒有什麼特別的心情交流，以至到了今天這樣的狀況，應該也有他自己的不是？還是該怪他老婆太安靜內斂？說什麼都沒有回應的關係？都這個年齡了，看在兒女身在國外還成材的份上，他也從沒表現過什麼埋怨，但心底真的就那麼釋然、真的那麼無悔？好像也還是摻雜了一點這樣那樣的瑣碎，可也說不出個究竟來。

想到兒女，在這個疫情狀況，總讓人惦記，尤其海山遙隔，不知究裡。相信他們都是報喜不報憂的，就更讓老懷放心不下。當年送他們出去留學，自己固然得意，在親戚朋友之間尤其風光，而他們自己呢？是不是也一樣欣喜？還是只為順應為父的期望而已？到了人生這個時候，才猛地想起當事人自身的感受，實在有點說不出的滑稽。

而今相隔萬水千山的，見一次面就得飛上個十萬八千里，如果都

在身邊呢？以他們的資質，找份適宜的工作應該沒問題，不也是一樣的成家立業？送去那麼遠作什麼？總認為是為他們的前途著想，而在自己年歲日增、體力日退的當下，「前途」究竟該怎麼定義？賺得多？食衣住行過得舒適？心理上的自在該算上嗎？而他們在國外是否真過得舒適自在呢？要如何去肯定？

怎麼今天的想法似乎總是出爾反爾的，完全違背了平日的安之若素，也是因了這個疫情的影響所致嗎？

從小餐館回來，他一如往常逕自走進書房，那裡是他自我的一方天地，老婆小孩都會自動被屏擋於門外，雖然他從沒限制過，也沒關過書房的門。此時不經意環顧一周，幾個書架上都站滿了書，幾乎沒哪一本他沒細讀過。多年來，好像書寫的作者和他都曾經有過最懇切的心靈交流，都是他最談得來的至朋好友。除了必須的應酬之外，閒來的閱讀，是他最大的嗜好，也是忙碌一天之後最愜意的放鬆和休息。

看著滿房的書，這回突然冒出一種感覺，如果自己在任何情況之下走了，這些豈不都成了廢物，因為自己喜歡的，別人未必一樣有興致，豈不是很浪費。驟然間有點責備自己平日的貪心，看到喜歡的書不下手買回來好像就有點難忘難捨地念念。固然，買書不算壞事，但買這麼多，是不是也多少有點炫耀的心理？就是想

要擁有，而且擁有的越多越好。他兀自在書架前逡行，面對著一本本藏書，挑起他對往日閱讀時的回顧和想望，是不是每本書讀過了之後會再讀個第二次、第三次？是否讀了之後對自己的言行思想和性靈都有所助益和提升？內在會否比閱讀之前更清明更理性、超越另一個更高層次的知性？

答案其實都很模糊。

可能也只是一種自我滿足的狀態？以前看著這些成排成列的書總難免欣喜，如今只因了這個疫情，換了個角度來看，居然產生很不一樣的感受，從沒以這個角來看自己和身邊的事事物物，而一旦換了個角度，還真是世界大不同。

一個人能活多久？沒有任何人可以自訂時日，但是必然會有走的一天。有宗教信仰的人，可能在這方面會想得多一點，而他這個對有神、無神都不作定論的人，想當然是不太考慮這個問題的。怎麼料到只因這個疫情的興風作浪，眼看著新聞報導上國外那些名聲響噹噹的繁華城市頓時都成了停屍場，竟讓他感受到非比平日的人生無常。雖然一輩子都在醫院工作，生老病死真是看得夠多了，但像這樣爆發性大規模的死亡情形，還是會讓人震撼，畢竟與戰爭時候的殺傷力不同。

這個世界的經濟興衰，其實就是靠著人們各種物欲和貪念才能越炒越熱鬧，越炒越有新花樣出籠，以至循環不息、層層疊疊上升。現在什麼都禁止、封邊的情況下，世界經濟不只是停頓衰退下來，可能還要來個史無前例的大逆轉吧？看看羅馬帝國當年統領了多大的土地？引領了多少豪奢與風騷？而今留下的，也不過人們心頭點滴的浪漫餘沫而已。以後呢，世界誰領風騷？有人能夠預言先知嗎？

對於物欲的滿足，人們早就習以為常，要怎麼克制那股想要擁有的欲望？未來，如果生活貧乏簡約，人們能夠安之若素泰然接受？還是心不甘情不願地沒完沒了？就像平時有糖果點心可享用的小孩，一旦驟然停止供應，他們會乖乖接受，還是會哭鬧不休？成年人呢，是否會情緒整個崩潰？

也可能貧富與階級將會劃分得更清楚，更不均衡，而既已嘗過豐裕的滋味，還可能有安貧樂道的有為有守嗎？搶劫之風、殺伐之氣是否將成為社會上的普遍現象？以往常說到的第三世界，像南美那種請私人保鑣的蔚為風氣，是否會在各地普遍風行起來？

唉，真是無謂的胡思亂想，但也不無可能。一位朋友說人類貪得無厭，集體往地獄裡衝，人類要遭劫了，好像滿有那個味道。甚至連這些無辜的藏書，看著看著，不再只是平日單純的滿意和愉

悅，每本書名都像冠上了個「貪」字在上頭的錯覺。

偶而他也會熱衷到外地享受旅遊之樂，到心目中喜歡的名城古蹟去，換個地方走走看看，呼吸到另一個地方的空氣，體驗到另一種不同的氣氛，多了解一些自住城市之外的風物民情，都是正規生活的額外感受。老婆有飛行恐懼感，他總安排與兒女假期重疊的日子，讓他們陪著一道。

平日規律生活中的一切在此時都可完全放空，遇上有趣的事就笑到前伏後仰，平日穩重自持的形象整個拋開。那個當下，說穿了，猶如回到無拘無束的童年，對什麼都滿懷熱望，看到什麼都雀躍欣喜，而那種熱望和欣喜又可以毫不保留地表達出來。當然不會沒有那個「老之已至」的自知，但也將之完全置於度外。老了對人生的看法和年輕時代豈止天差地遠，然而到現在才來感悟，未免也過於後知後覺，不如什麼都輕鬆以待。雖然他工作的地點只限於醫院之內，內心世界卻一直是開擴外放的。

此時此刻，在書房的群書環繞之中，古代那位不世出才子李白的詩句：「人生得意須盡歡，莫使金樽空對月」毫無預期地就跳了出來。雖然自己滴酒不沾，可李白這句意氣風發中既有得意之情、又滲著感慨的心緒，他還是心領神會得盡致淋漓。或許，偶爾點綴一下金樽的寫意也不是壞事？他忍不住自忖，自己的人生

是否曾經盡歡？曾經得意？在回首與前瞻之際，不禁有些意識模糊起來。

兩天後有人打電話到醫院預約徐醫生看診，櫃台小姐說：「徐醫生已經走了。」

03

在那空洞的眼神裡

病房裡，呆坐著一個眼神空洞的年輕人，那表情，不是恬靜，不是木然，而似是一種純淨無塵混沌未開，似是無辜似是懵懂，而那份沉默和乖覺，卻讓人直覺地感到碎心。

多美好的輪廓，多高挑的身形，多青春的氣色，然而他的心智呢？他的靈魂呢？出竅了嗎？眼前那個人形，其實和平時的他不一定扯得上關係。目前，他不一定認得誰是誰，誰和他有什麼關連，誰會是他的朋友，又或誰會是他的敵人。

在他的世界裡，人際關係已經混淆，喜怒哀樂也已顛倒，是非對錯早已失序；或許他正感到茫然，感到無助，他正在心裡吶喊，為什麼他要被強制關在那間醫院的病房裡？有誰可以幫助他脫離那個禁錮他的地方？

原因是，他意識不到自己得了病，而那種病他自己根本也無法察覺。

按既定的醫學常理推論，他當然是病了，如果只是一種不同於其他人的想法而已，那麼他就可以一直維持他自己的思維能力。而不至於等到若干時日之後，就退化到連手腳都只不過是不聽自己使喚的肢體的那種地步。所以他必須吃藥，如果他是沒病的，他不須仰賴藥物，他需要的只是食品。

一旦把藥品停掉，就會轉換上另外一種思維。先不論那種思維算對或不對，在這個自由民主的時代，本來就容許各種不同的思想並存，即使幻想、狂想也不違法。然而，那種思維卻不僅僅是空想，有可能會轉化成一種無的亂發的怒氣，可能傷人，但首先傷害到的一定是他自己。

如果一而再、再而三的發作，也就是他若一而再、再而三地抗拒服用那非吞不可的藥品，最後他就再也不是他自己身體的主人。至於還是不是他靈魂心智的主人呢？大約至今也沒有誰能真正解說得清楚吧？因為究竟人的哪一部份才算是真正的自我？可能是主宰微笑的那一部份，也可能是主宰哭泣的那一部份。但是身為一個社會人，被社會肯定、接受的那一部份，才算是一個人最可能的本尊。如果會傷己又傷人的，即使才高八斗，也一樣必被排斥無疑。所以即使他百般不願意，這個社會所容許他特立獨行的範圍，就只有病房白慘慘的四壁之內了。

他不笨，甚至聰明得有點過了頭，沒事也會想出事來。不該擔心的事他會胡思亂想，不該擔憂的事卻常讓他膽戰心驚。總之就是不甘作一個傻瓜。然而在朝朝暮暮的實際人生裡，稍微傻一點又有何妨？如果沒有該操心的事，就把時間和心思胡亂用在吃喝睡覺上，又怕顯示什麼低能？偏偏瞎聰明、瞎敏感、瞎高竿。總比別人先想到點什麼，卻又總跳不出情緒平衡的層層蛛網，於是先

就在亂網裡纏死了自己。沒他聰明的都活得自在美滿，而他卻像天使折翼，驟然就從高空掉落下來，卻一直想不通是誰害他落到如此田地。所謂的大智若愚，其真髓就是這樣？但是不論如何，那些聰明反被聰明誤的，最是讓人感到不值、傷情又無奈。

他那空洞，落寞又無助的眼神裡，真的空洞了嗎？他可能只是百思不得其解而已。此時他一定感受到深遂的孤立無援吧？他似離群索居在荒漠無人的深山裡，而心情卻熱切地冀盼著那漸行漸遠的紛擾紅塵。理性人的情緒只偶爾逃逸的那個桃花源，他卻一個跟蹌跌了進去，只一瞬之間即已迷失了回返的路徑。因為他無法理解，他自己生活在什麼樣的社會裡，他該要遵循的是什麼樣的社會軌跡。是不是也有可能，一般被定義為正常的人，其實只不過無動於衷地、茫茫然地遵循著種種未必合理的所謂社會規範，才真是病入膏肓？

是不是，有一個不一樣的社會，一個不為我們這些所謂正常人所窺知的世界和意境，才是他能樂其所哉悠遊自在的天地？抑或，他現在的情形真的是一種病態，必須要靠吃藥更正過來？而當今的醫藥真的猶如神水或點金術，一沾染上就百病盡除？沒有副作用，沒有後遺症？可以在驟然間還他靈性的清明？

深深望向那雙猶自空洞的眼神，有如一潭靜水，究竟水深幾許？

可能撥得開那表層的翳障嗎？可能探詢到一點訊息嗎？真的希望能夠多一點探詢、多一點理解，即使就那麼一點點也好。

04

歸鄉

歸鄉路上，莽莽蒼蒼盡是和小小孩差不多高的灌木叢，難得有遮蔭的地方。盛夏的日頭照得人口渴難耐，歸鄉人對著年輕的妻子說，把舌頭抵住上顎，慢慢會自然生津，就不覺得那麼渴了。他是軍旅出身，行軍萬里的經驗，對這種日行夜宿的跋涉，並不當一回事。有時月亮上升到樹稍了，還沒走到宿頭，除了催促著快點走之外，也沒有其他的解決辦法。

那時即使生活算豐足的偏遠鄉鎮，一般都閉塞得少有和外地連繫的通路。家鄉在窮鄉僻壤的千里之外，沒有交通工具連線，走路是唯一的歸鄉方法。離鄉經年，如今戰事結束，該回故里探望老父，襁褓中的么兒是新生的骨血，更是得回去認祖歸宗。

小小孩一路高高低低地跟著，有時拽著媽媽的衣角，有時落後了就趕著跑著追上，錯過宿頭或是還沒到宿頭都沒感覺，也不懂得著急，只要跟得上媽媽的腳步，就是一種安心的保障。

月亮皎潔明亮得真如銀盤高懸，一棵禿了枝椏的樹，背著月光黑楞楞的，特別突兀，但也只有它的黑影更襯得月光水銀一般的清涼和明潔。小小孩從沒見過這樣的月夜和月色，清清淨淨的一點聲音也沒有，也沒有一點熱氣，和白天那種金黃陽光閃耀到懾人眼的亮度很不一樣。

這裡是祖厝，如今雖已有年月煙燻雨打的痕跡，但那門楣高軒，仍可看出當年的喧赫，柱頭上的雕花既富麗又氣派，總還褪不去曾經詩書世家的氣勢。

進門是個大天井，是如今一家人日常生活作息輪番上演的場所。早上兩個男子 — 歸鄉人的兩個女婿 — 在這裡漱洗，小小孩目不轉瞬地盯著他們的動作，他們用手指戳進嘴裡來回滑動當作牙刷，所以牙齒雖不算白，但仍是清潔健康的。小小孩的盯視沒有被苛責也沒有被嫌惡，其實根本沒有一對眼睛會在意小小孩的存在。小小孩覺得可以在這幢大房子裡自由如風，不會礙著誰，也不會招惹到誰。

在大灶肚子裡燒火的景象是小小孩最感興趣的，灶上的大鍋冒著白色的熱煙，捲成一束束的乾稻草一把把地塞進大灶裡，熊熊火焰看起來生氣勃勃的靈動，是這老厝裡唯一讓小小孩覺得有趣又有活力的東西。

歸鄉人是家裡的長子，這祖厝照傳統遲早由他繼承。雖然老父仍然健在，但是既不喜歡管事，又已經被次子接去奉養，這祖厝就形同已經傳給了長子。

比歸鄉人年齡小一截的弟弟，自知祖產沒他的份，早早出外經商

賺了大錢，回鄉買了土地在祖厝好一段距離之外建了座豪華的宅院，那附近都是時興的洋房式新屋，和老街的老厝風格十分懸殊。知道兄長常年在外地戎馬倥傯，就接了老父過去奉養。如今兄長回來，他也並不推諉這個擔子。午飯後兄弟倆話說從前，在他窗明几淨的新宅裡聊得十足溫馨。

小小孩在新宅寬敞的客廳裡，繞著一排藤椅蹦跳個不停，兄弟倆就打發個差事，讓小小孩到外面的院牆邊上拔些草莖來當牙籤。這工作就是看準哪根野草長得夠高夠壯，把它自近根部拔起，那一節被包裹著的草莖硬度剛好可作牙籤的代用品，而且還有新鮮的草香。但是拔出來的力道得剛好，如果拔斷了，就一點用都沒了。小小孩也不怕日頭猛晒，一根接一根草的拔，終於摘了小手掌滿滿一握的草莖，拿進屋裡交差

接著跑進廚房，看女眷們忙裡忙外的正準備著晚上款待歸鄉人一家的盛宴。大盆裡放著兩隻肥大的螃蟹，有草繩綁住它們的螯夾。小小孩要看螃蟹自由自在會是怎麼個跑法，央著女眷把草繩解開，「可別去碰它們，會夾人的」。越是警告了的，越是會引發好奇。小小孩偏要去碰去招惹螃蟹那高高舉起的大螯夾試試。果不其然，細小的食指被夾在巨大螯夾裡簡直不成比例，小小孩哇哇大叫的聲音引來了女眷，趕緊弄斷了螃蟹的螯夾，扳開它讓手指鬆脫出來。「去，去別處玩，這裡忙著呢」，女眷哄著說。

危機既除，痛楚忘得也快，小小孩一跳一蹦地通過長廊又晃到新宅的前院裡去，那裡空空曠曠的，不像後院裡的花木扶疏。對著大門的牆邊有一幢架高的小木屋，孤伶伶卻又十分有威嚴的樣子。午飯時聽說過，這是特別建造給席間那位白鬍鬚老阿公 — 兩兄弟的老父住的。老阿公不喜歡吵鬧，所以閒雜人等都不可以到樓上去打擾。早午晚三餐有專人在樓下用籃子吊上去供應。今天午餐是破例下得樓來，見了歸鄉的長子和新媳婦，還有新添的孫子和這小小孩，心情該是愉快的。

小小孩忍不住很想知道老阿公住在這種高樓上是什麼樣子，這時眼看四下無人，沒人會阻擋，順著直直垂掛在屋腳邊的窄木梯，一級一級的攀爬上去。到了最後幾級，眼睛的高度已經可以看到木樓上的屋況，老人靜靜地面對向外的窗前獨坐。當他發現有個小腦袋嵌著兩顆晶亮好奇的眼睛在向他探視，一老一小的眼光交會之下，他也只是和午飯時那樣默默微笑，既沒出聲喝斥，也沒有招呼上去的意思。小小孩望著老人喊了聲「阿公」，就心滿意足地再一級一級攀爬下來。

心知在偌大的庭院裡，再也沒有什麼地方是禁區，也就意味著沒什麼特別新鮮好玩的事了，閒不得的小小孩倒也暫時安靜下來，乖乖等著晚飯上桌。下午那兩隻威武橫行的深青色螃蟹，已變裝成紅艷艷的一盤佳餚，小小孩對吃食並不專注，卻急於

要留下蟹殼把玩，那紅紅的顏色比起活生生的螃蟹好看也安全得多。

附近有人家為了還願，商請了馳名遠近的戲班來表演酬神，晚飯後，小小孩隨女眷們去看這野台戲。他們一夥兒到得晚，只能遠遠的站在群眾的後面。觀眾絕大多數也都是站著的。戲台上燈光打得透亮，戲仔的戲服真是色彩鮮明，臉色又紅又白的嬌艷欲滴。女眷們交頭接耳地都在說那個演主角的最好看，她往椅子上坐了三次才坐定。她們說那是因為她嬌貴，一定得坐舒坦些，哪有那麼容易侍候的。可是在小小孩眼裡，竟連那個演丫環的也漂亮極了，平日生活哪曾見過這麼樣的標致人物？

這是小小孩最快樂的一天，新鮮的經驗似乎比一年裡加起來的還多。

第二天午後，不知什麼事，住在老厝裡的人都集中到天井來了，平時不小的天井，一下子塞滿了人看起來好擠。歸鄉人站在懷抱著嬰兒的年輕妻子身邊，他年輕的妻子算是高個子了，而歸鄉人與過世多年前妻的兩個女兒卻比她還高出半個頭，體格壯碩，氣焰更是高漲。作為後娘繼母，他年輕的妻子確實顯得太年輕了些。姐妹倆正對著歸鄉的父親連珠砲似的爭論著什麼，激烈時連帶著砸菜刀甩鍋鏟的滿天熱鬧。突然二女兒伸手指著小小孩說：

「這個不是的拖油瓶，就更別想分！」

儘管不明白「拖油瓶」是什麼？又在「分」些什麼？此刻箭頭指向了自己，顯然不友善的眼色和語氣，小小孩還是可以感受到的。歸鄉人年輕的妻子懷抱著嬰兒有點瑟縮地偎在他身邊，她可從沒想到抱著兒子回來認祖歸宗就等同於要求分產。面對這氣氛、這聲浪和刀鏟滿天飛的火爆，與她滿心熱望隨著千里跋涉歸鄉的想像相差太遠了些，竟不知該如何因應了。

小小孩的眼光看戲似的從每個人的臉上滑過，他們平時冷然的臉色此刻竟然都轉變得滿面紅光，看起來血色甚佳，只是隱隱然都飽含著敵對的怒氣。當眼光滑動到大門口時，小小孩突然看見白鬍鬚的老阿公不知什麼時候也來了，孤伶伶杵在門口，似乎沒什麼人察覺甚或在意他的出現。

相較於這老厝裡慣常冷漠的不理不睬，小小孩對昨天那個總是笑容以對的老人難免印象深刻。此時立即躦過人縫湊了近去，拉著老人皮膚鬆皺暴筋的手，仰起頭熱切地叫了聲「阿公」。老人低下頭來看著小小孩熱情的招呼，有點欣慰似的又露齒微笑起來。一老一小的眼神再次交會，似乎都意識到自己不屬於這當下的紛擾，老阿公牽握著自己手掌裡的那隻小手，轉身逕自跨出了大門。

門外那條石板路在夕陽斜照下，比正午驕陽曝晒時哂白的顏色柔和了許多。他們順著坡道走下去，老街坊的小廣場中央已搭好了戲棚，想佔個好位子看戲的街坊鄰人，已漸次從各個角落向戲台聚攏，另一場酬神的野台戲，正在緊鑼密鼓之中準備上演。

05

離鄉

在歸鄉一小段時間之後，歸鄉人終於開始計畫另一次遠行 ——
離鄉。

老家的氛圍對他的新家人而言，未必是個可以安心待下來的地
方。他年輕的妻子與世無爭的個性，在重重紛擾的壓力下，被排
擠得天昏地暗。他襁褓中的么兒往後成長的過程又該如何適應這
種敵對的情勢？面對變了調的親情，歸鄉人不得不黯然決定，還
是出外去尋找生活。

自年輕時就出外闖盪，即使如今不再生龍活虎，個性中那份不羈
與流浪的本質，多少還在血液中奔流。如今再離鄉，也不過就是
再走一趟歸來時的路。至於祖產，既沒田畝也沒莊稼，一幢古雅
的老厝，既無法賴以為生，又你爭我奪的人事紛紜，就少費那個
心，由它去吧。

步行一段之後，須再經過舟車勞頓的接力，離鄉人終於在省城
裡找到一個文書的工作。從小培養的古文根底和一手漂亮書法，
對這只夠糊口的工作可說是應付裕如的了。他們就此在省城安
頓下來。

先在一條全是二層樓房的窄街上租了間一樓的大房子，客廳臥房
和餐廳都在一個大房間裡各自畫地為界，白天裡大門總是敞開

的，那也是灶腳之外，這間大房子唯一的通風口。小小孩沒事就坐在大門口高高的門檻上向街頭張望，像是觀景台一樣，注視著窄街上的所有動靜，是唯一的消遣。

常有穿著灰色袈裟的尼姑和尚到各家門前化緣，挑擔賣豆花的小販總固定時間在窄街上穿梭。對面那戶人家只要把大門一打開，就像猛然出現了一座舞台，裡面所有的景象都一目了然。那裡和小小孩這邊的格局全然不同，進門是一座天井，正中央還真有一口井，井旁有人在淘水、有人在洗衣、也有人在洗她長長的頭髮，連二樓走廊上有個正在梳頭的女子都看得一清二楚。她們的衣著都不吝嗇於色彩，膚色也白嫩豐腴。大門開開闔闔的雖然只是剎那時間，卻給這觀景台平添了不少提神醒眼的風景。

老阿公曾經不辭旅途勞苦來探望過他們，住了一小段日子。他依然面色溫和，但和以前在鄉下老家時，那份悠然無慮的眼神還是有所差別。親眼看到長子捉襟見肘的生活實況，老神在在的閒適已不復存在。吃飯時，新媳婦總在稀飯裡先撈出尖尖一碗乾的孝敬老人。儘管多半時間老阿公都默然不語，小小孩憑著純然的領會，還是能從老人的眼神裡，解讀得出他深藏不露的隱隱關懷。

離鄉人不上班的日子，常去附近一個茶園喝茶，多半都帶著小小孩一起。那時候女眷是藏在家裡，不能隨便拋頭露面的，所以小

小孩出門走動的機會比媽媽還多。

那茶園裡陽台上的矮石柱都貼著綠色的琉璃片，似在訴說著它一去不復返的曾經風華。庭院中央那株比屋簷還高的雞蛋花樹，長長的綠葉之間茂密地綴著奶白的花朵，散發著濃郁的香氣，襯托得古老黯淡的院落、甚至連帶那群有了年紀的男人，似也沾上一點昂然的生氣。總是那五六個相同的面孔，有一搭沒一搭地喝著聊著，家裡的、辦公室的閒雜，都是茶壺與茶杯之間的閒話。

拮据的生活讓小小孩的媽媽承受到什麼外來施加的壓力了，多一小口人吃飯日子真的更難熬？不得不就此常常對小小孩提起她自己哥哥家生活的種種，打預防針一樣，似有意似無意地給小小孩先做某種心理準備。

當時把小孩子賣給戲班，或是送出去入贅、作童養媳，是一般家庭食指浩繁不勝負荷時經常的解決辦法。如此，萬般無奈的時候，媽媽就會想起自己遠住北方的兄嫂，她和兄長從小手足情深，如果把小小孩過繼給他們，該會疼惜她的孩子吧？

小小孩生日那天，媽媽煮了一鍋泛著粉色的糙米飯，熬了一小鍋稠稠濃濃的紅糖漿，拿了粒連殼的熟雞蛋在小小孩頭上滾動著，聲音哽咽地向她信仰的神明祈禱，祈求祂能祝福照顧她這個孩

子。小小孩對媽媽聲調的突然改變無由了解，只感到滿心滿懷被疼愛的幸福。眼睛卻盯著那鍋濃稠的紅糖漿，忍不住打從心底讚賞媽媽巧思配搭的美味。

窄街靠大馬路的一頭，街廓頭上有個陳舊的牌坊依稀可辨有「廣州街」三個突出的大字，外面緊臨著的大馬路可就寬敞了，路中央還有一排蓊蓊鬱鬱的行道樹。就在與窄街的交口上，有家賣水果的店面，擺放著各種各樣的熱帶水果，紅的綠的黃的應有盡有，鮮亮的顏色總吸引著路人的眼光。鳳梨、釋迦果、還有椰子堆疊著，銷路最好的就屬一捆捆豎立在那裡的甘蔗，紅皮和白皮的、連根帶葉的，既新鮮又便宜，在大熱天最是解渴。每天削皮截段的工作，讓店家老闆忙得歇不了手。

店家旁邊有幾株瘦長的木棉樹，時不時掉落幾個褐色的莢果蹦開在地上。小小孩撿起來，看它裡面滿滿都是長長晶亮的棉絲，待乾燥些了，這些棉絲就帶著一粒粒咖啡色的種子，隨風飄起遠颺，小小孩總抬起頭來目送手中那些會飛的種子。店家老闆看著小小孩那似好奇又似神往的目送眼神覺得有趣，逗趣著說，會飄得很遠很遠啦，不知道什麼時候就在很遠很遠的地方又長出幾株新木棉來了。

近來小小孩總看到大人交頭接耳的在說些什麼，從他們的神情

上，似乎顯而易見有一種深切的憂慮。這天他們的談話雖仍是細細碎碎的耳語，聽不真切，但可以歸納出的是：「快了，已經到了城外，再不走就來不及了，先搭船到香港再說吧。」那神色就更顯得有些倉皇。

1949 年的這一天，天光才濛濛亮，好夢方酣的小小孩，發現自己已經被抱上一輛敞篷的大卡車上，所有的家當也幾乎全上了車。扶著卡車前緣的木柵欄，清涼的晨風吹拂在臉上，卡車已然開動，朝著平時窄街難得走過的那一端奔馳過去。街衢和兩邊的樓房，都還是第一次見到，卻也將是最後唯一的印象了。

望著窄街盡頭那輪圓圓的太陽，像個火球似的從大陸最南邊的地平線上冉冉昇起，小小孩迷迷糊糊地意識著，似有什麼重大的改變即將迎面而來，但不能說得清楚，還完全在狀況之外。朦朧的睡意漸漸清醒，心中卻隱隱然對這種意料之外的境況有種莫名所以的興奮和期待。

而歸鄉之後又離鄉的人，這次他自己也知道，這一趟出走，此生永遠都將在離鄉的路上奔波，再也不會有回歸的時候。

浮光・掠影

只要是生命，
都有終結的時刻。

話荷。畫荷

5 月中的植物園荷池上，還有些許空曠的地方只著碎碎的浮萍，只不過一個星期，點點青綠自荷塘冒出，劍尖一般的小荷葉逐日舒展，成了一片片圓潤滴露的田田，滿池已擠滿了荷葉亭亭。

精華所在的花朵，有些被壓在葉堆之中綻放又凋謝，有些亭亭玉立，昂揚迎風。荷葉碩大如盤，在風中翻飛姿態十分活潑。向風的一面池塘，許多荷葉被吹得斜斜倒下，有的甚至疊落在一起，既擁擠又熱鬧，生命的歡愉，在花與葉的光影交錯之間滿溢。

不論荷花多嬌多美，若少了荷葉的襯托，究竟不能成就那份清遠淡雅的情趣。而荷葉也好荷花也好，若不是有那根細長撐起的枝梗，也展現不了裊裊婷婷的風姿。是以荷之美，荷之逸趣，端的關鍵於那細長圓潤的荷梗，以及水中搖曳的倒影。

然而若僅見荷葉片片而沒有荷花點綴其間，即使那一整片猶如恣意潑灑的綠，和任何其他葉種一樣，顯不出特殊，最多也不過就是綠油油的有豐饒之美而已。

水墨畫裡畫荷一向是一枝獨秀自成一格的，寫意重於寫實，標榜它出污泥而不染的清雅，更能顯示畫家本人的性情。所以畫荷的人很多，出色的作品也相當不少。

齊白石的荷，一般都素樸自得如來自田園；難得有幅張大千的荷，敷朱鉤金，表現極盡奢華富貴的風氣。都是中國畫荷名家，風格可以天差地別，卻又同樣美不勝收。

而現代畫家裡，見過席慕蓉一本油畫「荷之系列」專刊，構圖幾乎全部採俯視角度，遂只有花與葉的面貌，色形及光線的表現均豐美有餘，卻因此少了亭亭之姿。愛畫花卉的王美幸，也有很不錯的畫荷作品，雖然她是以油畫和粉彩見稱，卻頗能揉進水墨畫的韻味，感受上頗有飄逸的姿影，兼有卓然而立的骨氣。如今她在有彩色玻璃中的荷作，光彩更是炫目之極。

如果只畫荷花荷葉，可以說作畫的那雙巧手與眼界還是少了點獨門的鑒賞與火候。水墨畫裡畫荷梗，猶如提筆懸肘寫篆，將花梗如篆字一般寫下，勁挺又柔韌，圓潤且飽滿，又有中空的虛幻，才見靈動，所以荷畫之中，荷梗是很重要的關節。至於荷葉，最是筆墨酣暢，運筆有如橫掃千軍之勢，方顯精神。

盛夏之際，荷莖已挺立得有一人高了，其間花蕾、蓮蓬及荷花，微風下搖曳生姿，有蜻蜓在其間乍飛乍起，水中有小魚、蝌蚪流連往返。以往這種景象只在畫作中看到，還以為只是畫家的浪漫想像所至。經常接觸荷花世界之後，才體驗到其真實的一面，與繪畫世界竟然無分軒輊。只有畫面的構圖布局，才是畫者須經營

的匠心所在。

以前曾在荷畫中看到荷莖從荷葉穿透而出，一直懷疑是否畫者手誤。細賞之下，竟然真的看到了幾處實例，這才恍然確有這種奇特的生態。所以真實的寫生體驗，往往更勝於閉門造車的自我設想。自然界的奇妙常常遠遠超過人們的自以為是。

繁華落盡，凋零枯索的深秋荷塘景象，與盛夏時的繁茂生動完全是兩極世界。雖然鮮綠的浮萍這裡那裡的點綴依稀，荷梗已斷到只剩小小一截，此起彼落的十分蕭索。若不曾見到過盛夏荷塘的盛況，會以為這裡只不過是平平淡淡的一方池塘。而若曾巡禮過夏日荷的世界，心中就會有份期盼，待天暖，看葉尖又是如何一枝枝地突破水面，而荷花的清麗又將如何帶動風的氣息。

說是花開花落或是花落花開，總是一種自然的程序，一種生命的必然。最令人感慨的，是那些早夭未及綻放的花蕾，鹿橋在「人子」一書中最喜歡說的小骨朵，象徵人生的起步與青春的期待，卻在準備綻放的欣喜中驟然殞落。那份早謝的遺憾，總不禁讓我懷疑，是上帝失手了嗎？

不是凡物都被應允有一個喜不自勝的芳華盛況，都有一段繁茂的青春期許？有些鮮嫩的生命，本該是美好無憾的，卻在尚未挺立

展顏之前即已凋萎。望著那份猶自清純的殘碎，比看到盛開之後又片片凋落的花朵更讓人心中觸痛。凋落是生命由始至終的命定過程，只要是生命，都有終結的時刻。但是只要綻放過，曾經展亮過歡顏，都不辜負生之旅程。而那些即將卻又未及綻開的，該是自然的嘆息與哀惋，猶如此刻風聲飄過耳邊的微微輕唔，猶如荷葉間碎碎的窸窣？

荷畫中殘荷的比率一向不多，讓那份景致凝留在畫紙上，未免過於蕭頹。但是在觀賞時若能識得透徹些，也就是在感覺及認知上更完備具體些，作畫時可能會沉潛於更深入的意涵與情境。如同走過人生有風有雨，有陽光有寒冬，得意時的意氣風發，失意時的頹唐落寞，年少時的恣意與年邁之後的深思，不親身經歷，無以言之深刻。

即使此刻秋末的殘荷與禿梗，能給我的還是一份老殘的美景，雖然那已無關繁茂與青春了。而那些乾枯垂折的蓮蓬，兀自顫立於冷風之中，它的凋零卻同時蘊育著新生、世代的交替、生命的不息。於是，再一年的荷塘，又是希望滿滿、榮景可期。

07

海外學畫記

在學校我學的是西畫,多年前在新加坡,倒學起了傳統的水墨國畫。當然,明明掛著師大的牌子卻從水墨畫入門著手,還勤練書法,別人不感覺好奇是絕不可能的。究竟這個人當年在學校是怎麼混出來的?讓我自己常尷尬得說不出話來。想當年教我們的黃君璧、林玉山都是響噹噹的名師,偏偏我不是翹課就是不動手作畫,真是活該的現世報。當年在學校不是那麼自以為神氣瀟洒的話,此時此刻的這個尷尬也可免了。

以往年輕時對國畫的態度,說得好聽點,自認為自己很新潮、很前衛,老掉牙的東西,還得遵之循之勤練筆法的國畫,未免太限制了所謂「創作」的狂熱本意,所以根本不肯沾邊。我的喜惡一向極端,很少有中間地帶,雖然明知這樣偏激的斷然取捨,損失的會是自己,但個性如此,即使有什麼損失,也就隨它了。最後跑到國外去學國畫,可是當年作夢都夢不到的事。

「禮失而求諸野」,這句話在國外的環境裡,經常引起我無限感慨。很多在國內已經被譏為落伍,甚至早已被棄之如敝履的習俗和文物,而在當地的華人子弟卻異常珍惜,而且經常對之引以為傲。

在新加坡,傳統的水墨國畫十分受歡迎,即使是受英文教育的人士(表示不會說華語的華人),也相當傾心於欣賞、收藏、甚而

學習水墨畫。

你說他們守舊嗎？整個新加坡的生活環境，比我們台灣西化，也更現代化。他們對遠在唐宋明清流行的畫作和筆法，珍惜些什麼？又嚮往些什麼？以我的觀察所得，他們是因為當地的已然國際化，反而促使他們了解自己的價值和地位。以及什麼才是自己的淵源，什麼才是可以自傲於國際全球的根底和精華。

大陸一些畫得水準較高的名家作品，在那裡都非常搶手，賣價一般都在 5 、 6 萬坡幣以上（這還是 20 多年前的價格），大約相當於百餘萬台幣之譜。有需求才有行情，在這裡表現得再明白不過。當地絕大多數的畫廊，展出的也都是新舊時期不同作風的水墨或彩墨國畫，尤以近代和現代的最受歡迎。台灣的風氣就比較崇尚西畫，尤其是油畫，國畫只能算是小眾而已。

到國外之後，可能因為年齡的成長，觀念也跟著改變，漸漸體會了水墨國畫裡的含蓄蘊藉之美，尤其鍾意於它畫面上的留白、以及水墨的暈染趣味，這在西畫裡可是相當不容易見到的。而留白一項，感受上那才是賞畫時最可以喘息、最不著痕跡的想像空間。

若畫幅上每一方寸都塗滿寫滿，這張畫似乎也已近乎氣息奄奄

了。其中最不耐有清一朝的乾隆皇帝，只要是他看上眼的或是眾口鑠金的作品，要嘛題字要嘛蓋章，就怕空下幾寸地方讓他閒得慌。

有些畫作就是畫得太滿，有些文章就是寫得太明，有些微言大意就是說得太透，讓身為觀賞的人再也發揮不了什麼想像，醞釀不了一丁點自己的感懷。

或許人生路程上經歷的漸多，反倒更能體會得深入全面一些。也或許就是那份「悠然見南山」的心境，促使外在的喧騰轉化成內斂的自省。人生在中年之後，出現了心態上的、品味上的轉折，這在自己年少輕狂的歲月階段，是絕對無以想像的。還是那句話形容得貼切吧：「曾經滄海難為水，除卻巫山不是雲。」

可以說，西畫純然是畫家本身性情與感受的全然坦露、全然表白，作畫的人希冀的，該是和自己一般無二的同情、同理心情；而國畫所欲引發的，卻是一種悠遠曠達的感受，每個觀賞的人都可能有自我意願的滲入。所以有人見山是山，見水是水，但是也有人對著無邊無盡的山山水水，感慨的竟是「逝者如斯夫，不捨晝夜」。

國畫裡的山也好水也好，都不過是作畫的人內心所寄望、所假托

的載體，多半都非實際作畫時的精義所在。繪畫的筆觸可以純熟精練、筆走龍蛇，但是繪畫的內裡，一定含有某種人生的嚮往和意涵。

畫荷，不會單單只在於荷的花形、枝梗或綠葉這些外在的形象。荷所象徵的精神意韻，才是畫家所傾心專注的重心。這樣的作畫態度，順理成章地成就了淵遠流長，所謂「文人畫風」的盛行。

因之，在國畫這個範疇，單一的形似，是不容易感人也不容易引起共鳴的。除了形色的琢磨之外，還得能表達出更高的境界和更深的層次。你能從畫作裡表達什麼樣的精神和意境，又讓觀賞的人體會、接納到了你這種意向和精神，你的作品才算具備了某種存活的價值。

難道西畫就絕對不重視這個意境和層次的表現？我相信，稱得上好作品的，一定都必須具備能夠引起共鳴的本質。

然而西畫的重點是以實境上，形色的相似相反和相襯的轉變為主，與國畫意境第一的觀點，有其追求上根本的差異。

曾見過幾幅馬諦斯的畫作，那色調、筆觸線條和意念都美；布拉克的幾幅立體派時期作品，色感的厚重與濃度都能撼動人心，他

另外幾幅小尺寸的，色彩輕快猶如春風拂面，都一樣美不勝收。與欣賞水墨國畫時的美感經驗是一氣相通的。但這些位畫家本人要求所著重的，絕對是他們對色調和形象的變化為最根本的希求。

技法在西畫裡，是最重量級的要素，所以自古至今有各門各派的畫法，風起雲湧地前仆後繼，要表現光、要表現時間和動態，要試圖從二度空間進入三度、甚至四度空間，為的就是要追尋更完善的表現手法。

雖然我比較喜歡水墨畫中暈染與留白的趣味，但是對現今那種乍看就如同古畫翻版似的作品，僵持著一成不變的布局、構思、設色，卻是完全無法苟同，欣賞不來。如果都得依循古畫一板一眼，和古畫一個模式，那去欣賞博物館裡的古畫精品就好，又何必費事動筆呢？即使畫得再純熟再俐落，都難免形同嚼蠟。至少在我個人而言，是絕對不會鼓勵，也不會衷心拜服的。

但也有不少現代的水墨畫家，以傳統筆墨畫下其所見的各地景物（山水畫），頗見大氣之外，筆墨又酣暢豪放，倒是頗得我心。也有一些雖然也是畫花畫鳥（花鳥畫），然而畫面上構圖和設色的經營，都明顯不同於古調，很有試走新方法的勇氣和意圖，這樣才能有新鮮感，也是很不錯的嘗試和表現。

總之，現代的水墨畫，追求一直以來宛如畫魂一般的意境表現之餘，也應該嘗試各種創新的設色、構圖和筆法，不再拘泥於古人的法則來因應當今的萬變，是值得鼓勵的心態。即使國畫已有千年以上的歷史，也不應自外於當今的潮流之外。因為藝術即使再抽象，也還是在表達「我心」，而這份「心」，必然與自我生活的時代與環境相連，對嗎？

繪畫和文學，若以「一目了然」的快速程度而言，繪畫是遠勝於文學的，至少它無須經過翻譯這一道手續。雖然在主題和內涵上，它們各有各的著重之處，並非二而一的同質同類。雖然我們很可以稱讚一幅畫中有詩，詩中有畫。

已經好久不摸畫筆了，可在內心深處，還是對之念念不忘。如果哪天有時間再提筆作畫，可能會管他什麼國畫西畫的，全混在一起塗抹在畫布（西畫材料）或宣紙（國畫）上，只要能讓我盡情盡興、得其所哉就好。

會不會有一天，什麼國畫、西畫的框架全被打破，甚至不再存在。各種畫法技巧和材質全都融會一爐，純粹以美感的表現為作畫的唯一法則。是不是那樣也可約略代表了某個面向的世界大同、理念一致？就讓我們拭目以待吧。

08

野生強韌的哲學

每年歲末總在花市順手買幾盆聖誕紅，紅豔豔的，往陽台一放，立時感覺滿室生輝，增添濃郁的年節氣氛。尤其天氣冷冽的時候，看到它們那種亮麗的顏色，心裡都會有暖和的錯覺。

而且這種花耐久，從年底 12 月一開就可能到次年 2 月份農曆年前後，真是划算。何況只須幾天澆一次水，照顧也容易。對我而言，這才算得上是好花。

對花卉的欣賞我一向與別人有異。有些人偏愛名種花卉，耗時費力小心伺候才能維護其生命、展示其嬌顏的，他們卻忙得心甘情願。

小時候在「東方少年」期刊上曾讀過一篇名為「鬱金香」的故事，其中細述關於荷蘭最初培育這名種花卉的那位主人翁，如何盡心竭力栽培的歷程，使我至今印象猶深。而我對溫室裡的名種，除了欣賞其美態之外，倒是一點培養的興趣都沒有。最讓我賞識的，反倒是那些自開自謝，不勞他人之手的一般品種。因為我認為它們能夠自生自滅，才是大自然裡生命力強韌的表現，能贏得我的尊重。

當然，也可以說，我這人疏懶成性，也不屬綠手指一族，一向不勤於園藝工作。

對於自然界的花草植物，要說到「尊重」二字，好像有點言重得過了頭。但是內心確實有這樣的感受。我想，這可能與自小的生活情況有點連帶關係，不是溫室裡嬌生慣養的方式下成長的，總特別容易偏袒不受寵溺的「弱勢」。在成長的過程裡，即使外力欲爭奪一己生存的空間，也只能憑自我的硬撐才能活出自己的春天。

所以，有時即使看到那些野草除之不盡的景象，竟也不覺得有什麼特別的懊惱，反而有份「算你厲害」的佩服心情。「野草除不盡，春風吹又生」，相信很多人都讀過這詩句，它的意境隱含著思念情懷的綿遠，有如春風喚起一般；此外又足以喚起田野大地那份遼闊和寂靜景致的聯想。但是我讀它的時候，卻總心帶僥倖地認為，只要有春風吹拂，野草即可以欣欣向榮，野外也就永遠不愁它青翠美景的綿延不絕了。

在花園裡剪草時，兒子說：應該改良野草的品質，讓它們特質中好的一面更能彰顯，而將有毒有刺的基因消除，然後就可任由其大量自我繁殖，自然地就美化了環境。因為它們的生命力遠勝於那些受保護的嬌貴品種。

他大約修剪草坪得不耐煩了，想另闢蹊徑來美化庭園呢。

但是這些話卻深合我的心意。

是否一向不自覺地將野生植物的生長影射到自己無拘無束的成長空間？因而對它們堅韌的生命力也有一分戚戚的同情？以至不期然的竟冒出一份所謂的「尊重」，是不是也算得上是另一種定義的哲學思維呢？

長在我心，常繫我情

宜蘭，一處農莊

沒上小學之前，剛到宜蘭不久，隨著媽媽到她一位台灣友人鄉下的農莊拜訪，不知怎麼的，我卻留下來在那裡度過了一整個夏天。

這一住，讓我一生都對農莊的生活眷戀不已，甚至認為人生最自在最美好的生活，就應該是那個樣子。台灣最美的景致不是燈紅酒綠的都會，而以農莊的純樸和自然為最。

那處農莊是紅磚建成的四合院，最接近竹林入口那個院落的是廚房，裡面有個很大的灶，上面放著個大鍋，靠牆擺著好幾條沒上漆的長板凳，靠門口還有好大的空間可以停放一輛腳踏車，可是整間廚房還是顯得空空盪盪的，一大堆人在裡面也可以通行順暢。

從廚房另一頭可以通往堂屋，那裡比廚房更寬敞，有個八仙桌擺放在最裡面靠牆的位置。對著廚房門的另一端是一個通道，好像很長，裡面有好幾個隔間，都是臥房。

堂屋正門外面，是個晒穀場，到那裡才看出來，媽媽朋友的這一處，只不過是整個四合院的一半而已，另外的那半邊，是他們親戚住的。因為我沒去過，顯得好神祕。

其實當時怎麼稱呼媽媽的那位朋友，已然記憶模糊。但是她那份雍然自在，寬容又愉悅的笑靨，卻讓我從此難忘。

就讓我親切地用阿媽來稱呼媽媽的這位朋友吧，雖然我知道實際上是沒有這種稱謂的。她是好幾個小孩的母親，而對我這個初來乍到的外省小客人，似乎並沒有把我和她的子女作出任何區分，好像我也理所當然是她孩子中的一個。

那年夏天，也是我第一次和田園結緣，從此田園的安寧和樂就成為心靈上的撫慰。

每當聆聽「田園交響曲」時，總不自覺地細細體會，追尋細辨田園裡所有可能的趣味。曾經的田園美景，曾經的寬和親切，都成為樂曲的背景。

親愛的阿媽，您可能不會知道，那個夏天的無憂無忌，一直深印在我心裡，無能或忘。真的很懷念您。

菜園巡禮

阿媽家的門外是晒穀場，正前方是一條蜿蜒的小河，河水清澈見底，架在上面的一長條木板就充作小橋，過了這段木板橋，就是

一片無邊無際的農地。遠遠遠遠的,隱約可看到一排青山,那距離,可能要走上一天才會到吧?雖然那帶狀的山巒感覺並不高,在平疇沃野的廣闊之中,它還是很顯眼地立在那裡。

地主阿爸阿媽家的人丁不算太旺,大兒子平日得上農校,小兒子還在小學,女孩不屬於農田,主力就是阿爸一人了。

那片農地上的莊稼可是滿目琳瑯。長在網架上的有開著白色小花的碗豆、平時吃起來脆脆的小黃瓜懸掛在那裡,我摸了一下,表皮上刺刺地很扎手,其他有些趴在地上的,無由分辨是些什麼名目,但是那一片盎然的綠意和隨處可見的藤架,似乎可以蔓延到遠遠的山腳下。

這裡的寬闊與我去走訪過的宜蘭縣政府花園簡直不成比例。在那裡,花圃是被圈住的一小方,綠色只是為了搭配紅磚辦公大樓的一小片顏色而已;在這裡,好像我整個人掉進了無止無盡的綠色天地。感覺到自我身形渺小的同時,那份天寬地闊的舒爽,還有阿爸阿媽那份心滿意足的笑臉,最讓人愜意。

平常日子,小孩子玩樂的地方雖不設限,但是菜園農地卻是個不用明說的禁地。原因是擔心小孩子跑瘋了心,就認不出哪裡是菜園哪裡是草地,那些瓜果可經不起一雙雙赤足天使的飛踐踏過。

今天是阿爸阿媽讓我這個遠道而來的小客人開開眼界才網開一面的。其實每畦菜圃之間都有窄徑，循著走的話，什麼作物的生長都不受干擾。

這田園菜圃是阿爸的天下，阿媽的天下是整個室內和灶腳。煮飯時總看她把乾稻草挽成規則的條狀，一把把地丟進大灶肚子裡。等吃飯時間一到，滿桌豐盛就餵飽了一家大小。

竹林與白鵝

即使去除了菜園的範圍，小孩可以跑可以瘋的地方還是漫無止境，但是都自動不到後院馬路邊上玩耍。雖然那裡也有一方庭院，多數時候都靜悄悄的，只不過算是從外面回家時必經的過道，比起正門這邊的晒穀場可小太多了。

那天媽媽帶我來時，就從大馬路走進那個院落，再走進廚房。

我們在大馬路上就看到沿路整排都是蒼翠的竹林，這些竹林也就是天然的圍籬和院牆。竹林有缺口的地方，可能就是進入某一家農莊的大門。輕風吹過的時候，細細的竹葉輕盈地擺動著發出沙沙的聲響，只聽那聲音就會感覺涼快起來。究竟是因為同時感覺到了風的吹拂才涼快呢，還是即使沒風吹也會有涼的感覺呢？我

可說不清楚。

可是那一溜翠竹的顏色也好，它們的身形姿態也好，那種悠然又
嬝娜的款擺搖曳，吸引著我的眼神讓我目不轉睛。它們是我這一
生裡對竹和竹影、以及所謂的悠閒和韻致，最初始也最深入的領
會和詮釋。

有時阿媽在灶腳邊燒飯時，我會溜到竹林邊上東張西望一會兒。
外面鋪了柏油的大馬路寬敞平整，卻難得有車輛經過，路人也難
見到一個，放眼望出去，是一片層層疊疊漫延無邊的綠。而我最
中意最感怡然的，還是沿著大馬路生長的這一整溜翠竹，它們的
綠不是那種暗沉的，而是鮮嫩有生氣的，像是既乾淨俐落又心情
愉快的小孩或年青人爽朗地笑臉迎人似的。

後院裡養了一大群白鵝，據說鵝會看門，如果有人冒然進入，鵝
群不但會嘎嘎大叫，有時還會攻擊。而鵝糞，是竹葉青（青竹絲）
的頭號剋星，只要有鵝，就不會有竹葉青的蹤影。

那天我又溜到翠竹成籬的門口，對著大馬路張望了一陣過後就轉
身回來。沒想到那群大白鵝竟然把我當成了陌生人的闖入，突然
圍攏來嘎嘎叫個不停，然後一隻隻平平地伸直了脖子，向著我逼
近。我知道這下可糟，牠們像是要攻擊我了。聽說被鵝攻擊到的

話，牠們甚至可以用扁扁的嘴把你腿上的肉一片片刮下來。

我急壞了，站在鵝群中央，想往廚房的方向跑也跑不過去。這時可能為了突圍也為了奮命自保，不知哪來的勁，看準一隻離我最近的大白鵝，迅速反手抓住牠伸得直直的長脖子，就在原地轉了好幾個圈之後，順勢猛然放手，把牠甩得好遠，我甚至聽見牠被甩出去身體擊地時那爪子的擦磨聲。而這時我的懼怕也好憤怒也好，好像也一起甩了出去。

這時鵝群除了叫聲依舊嚇人之外，倒是不再圍攏過來。同時廚房門口也出現了阿媽豐腴的身影，我看到救星似的趕緊跑過去。不知道那一刻的心情是得救的鬆了口氣呢？還是自覺成了英雄很了不起？

真的假的

第二天，我看到阿媽一個人據著八仙桌大啃大嚼的，吃得好不痛快。我趕到桌旁，她卻怡然自在地對我說，是鵝肉，小孩吃不得。這我聽過，小孩吃鵝肉會「胎嘔」——就是得痲瘋病，手指會蜷曲著永遠都伸不直。這是鄉野之間由來已久的說法，我在宜蘭房東太太那裡也聽過。雖然看著她吃得津津有味，我也不會期望分吃任何一小塊。至於大人會不會用騙的，就管不了那麼多了。

何況前一天那群鵝伸長脖子叫囂的印象猶深，真吃下去說不定會肚子痛咧。說不定阿媽吃的就是被我甩出去的那隻哦！

大人還不讓小孩吃雞腳，擔心以後寫起字來會像爪子亂抓的，很醜。所以雞腳也是大人專利，小孩要等長到一個年齡後才可以吃。真的還是假的？都需要時間來印證，就姑且信以為真吧。

也有人說，不可以用手指天上的月亮，要不然耳朵會掉一塊的那種神話，這倒是可以立即驗證真假的。

那晚各房的小孩子都群聚在晒穀場前的大門口聽講故事，月光皎潔，不用點燈，晒穀場的水泥地銀亮銀亮的。我正望著天際圓圓的明月出神呢，旁邊一個年紀稍大些的女孩好心提醒：「別指月亮哦，耳朵會掉一塊哦！」我將信將疑，真的嗎？

趁沒人注意，我偷偷把手指伸高，快速地指了指月亮，當時連心都砰通砰通猛跳個不停。過了一會，摸摸自己的耳朵，沒事。等聽完了故事再摸摸，還是沒事。

於是我猜，其實有些說法不過是嚇人而已，真會相信才是傻瓜。

別亂講話

難得有下雨天，我們小孩沒法子到戶外去跑了，只好在屋子裡大玩躲貓貓之類的遊戲。

平時在戶外男女生都玩在一起，從不分誰是哪一房哪一家的小孩，但是睡房可就分得清楚明白了。這時各家各房的女生喜歡聚在一間睡房裡的大床上，你擠我我擠你的，有說不完好笑的故事，你說她也說，因此笑聲不斷。有時神秘兮兮的分享著較大一點女生聽來的小道消息，更是有不可與外人道也的祕密相通聲息。

男生很想來摻一腳，但不得如願，他們不服氣地在房間外面敲門踢腳的爭辯不停。

我很得意地將剛學會的台語自動翻譯再組合之後，對他們說：你們男生不可以進來，因為我們這裡是「查某間」*。

沒想到幾個男生哈哈哈地笑翻了，真奇怪！害我一頭霧水呆在那裡。

告訴你們正確理由 ──「這裡是女生的房間」，笑什麼笑到瘋啊？

旁邊的女生也沒人出頭幫我壯聲勢的。後來才有人小聲告訴我：
別亂講話啦，那是很不好的意思。

> 查某間
> 台語妓院之謂。當然不是好話。

小河淌水

夏天日頭毒，晒穀場前方那條清澈小溪就是我們最喜歡的遊樂場
地。一面玩得滿身大汗，一面可以淌浸溪水，自然沁涼。

小溪那一帶上上下下地飛著好多蜻蜓，而且什麼體型什麼顏色的
都有。有全身通紅的大蜻蜓，也有難得見到孔雀藍的，還有比一
般體型迷你的細身蜻蜓，連黃色的都不難看到。

有時它們壓低了只在水面掠過，有時又飛得老高。但是無論它
們怎麼飛怎麼轉，碰上這些手腳俐落的小孩，被抓住的機率還
是很高。

抓來作什麼？也不過就是比賽看誰抓得最多，好彼此炫耀而已。

阿媽的小兒子把他當天抓來的蜻蜓全綁在一條縫衣服的白線上，長長的一串，好不得意。線頭的一端掛在大門的門栓上，垂下來可以滴溜得好長，品牌展覽似的。

待我們別處玩回來了一看，那一長串蜻蜓怎麼只剩下門栓上的短短一截？

旁邊卻有隻母雞站在那裡，張著嘴，像是被什麼卡住合不攏的樣子。仔細一瞧，原來不知什麼時候，那隻母雞已經不聲不響地享用了一頓蜻蜓大餐，可惜串聯蜻蜓的那根線卡在喉頭，一端掛在門栓上，讓它既吞不下也吐不掉。那樣子還真尷尬難受。

大家沒法子，大叫阿媽。阿媽看了說：你們要害死牠了。

連忙剪斷了線，救了老母雞一命。

上火

就這樣成天在盛夏的毒日頭下晒啊跑啊的，我右眼上突然冒出了個針眼，越長越大。阿媽說，等熟透了才能治，不然留個根在裡

面，即使暫時好了以後還會再長。

最後針眼的膿包都垂到下眼簾了，阿媽才說已經熟透可以動手了。

怎麼個動手法？原來她挑挑揀揀地在穀堆裡找出了五粒最有型的穀子，選用穀粒尖的那一頭來戳破那個早已化膿的針眼，她說這樣才會好得徹底。

我也才第一次近距離清楚觀察到穀粒的長相，它們還真有一端比較尖，一端比較鈍。而且穀殼的外觀也不是想像中理所當然的光滑，有兩條縱長的線路像鏤刻似的長在上面。

可能我還不算是個道地的田莊小孩吧，比別人都容易上火。沒多久我的眉尾也鼓了個癤子，一天天鼓脹起來。

這回阿媽沒說要等它全熟了才治。阿媽用些像芝麻大小咖啡色的天仙子，沾點水成了黏糊狀，敷在長癤子的地方，可以自動把膿拔出來。我和中藥的第一次親身接觸，感覺上清清涼涼的滿舒服。

連續著又是針眼又是癤子的，阿媽說我有點水土不服，這麼容易

上火，以後中午太陽最毒的時候，我得留在屋子裡睡個午覺，不可以出去瘋了。

於是不知算是享有特權還是算關禁閉，中午我就得留在廚房和忙著瑣事及清理工作的阿媽在一起，躺在廚房裡的長條板凳上，睡不睡得著都得躺那麼一會兒。那長凳子寬不滿一個米達尺，如今只要有機會再看到這種窄長的板凳，就不由得想起當年到底是個什麼樣尺寸的小人？躺在上面自在舒適，還可以伸手伸腳的耶。

盛事

那時好像有什麼節日要拜拜了，除了期盼著可以看戲團來作戲之外，每家最重要的大事就是得殺條大豬公祭拜。

這種讓人興奮的大事一年裡難得有幾回。先是在豬欄裡選定最大的豬公，來個五花大綁，然後由幾個壯漢合力抬到四合院晒穀場前的那條小河邊待宰。大豬公的嚎叫聲引來了遠遠近近的小孩，圍在河邊等著看熱鬧。

一個壯漢手握一把長錐，在小溪旁邊霍霍地磨將起來，集中了在場所有的目光。待他認為磨得夠銳利時，就走到大豬公旁邊，一腳跨上大豬公肥胖的身軀，跪壓在它身上，用力穩住大豬公之

後，舉起磨得發亮的錐子猛地一刺，直直刺進大豬公的頸動脈，不過一剎那功夫，原本清澈的河水就被豬血染成紅色。大豬公的嚎叫聲不再，壯漢的任務圓滿完成。圍觀的我們，對接下來的開膛破肚已沒什麼興趣，各自找伴玩耍去了。

野台戲

在宜蘭鄉下，野台戲是年節時從外面請來辦熱鬧的大型活動。有酬神慶典的晚上，整村的男女老幼，甚至附近幾個村莊的人都會在晚飯後，三五成群地往戲台所在地集中。

搭戲台的那片廣場和來時走過的黃土路一樣，黃黃一片，甚至一根草都不長，和它後面山牆一般的高地那種樹木蓊鬱的風景，形成搶眼的對比。我覺得大夥並不十分在意這些，自然界的一切存在對阿媽他們都是理所當然的，不須置疑，身在其中，就是生活，虔誠祭拜，自有老天爺保佑。

我們晚飯後才遠道而來，到達時已有些夜色，即使到得早，也不是大日頭下，戲台的燈光早已搶過了天光。

戲台上有時上演的是時裝戲，男女都時髦，在當時當地還從沒見過那樣的裝束打扮，但他們是從城裡來的，想當然那種穿著和打

扮就是時髦的代表，至少和我們周遭見到的任何人都沒一丁點相同。

「瓦愛瓦ㄟ妹妹啊，害瓦空悲哀 ─ 」月光與燈光交錯下，台上的哭聲悲情或逗趣的笑話，都比真情實境有雙倍的效果吧。

歌仔戲上場時的舞台，更是亮麗到炫目的地步，不只是演員服裝上有亮片有彩繡，整體的顏色和樣式就是時空不同的明顯標誌。在打上燈光之後更顯璀璨，就像平時所聽故事裡的人物或神仙，突然從天上下了凡一樣。他們臉上都亮燦燦的，明艷非常。即使在戲台上，他們的每一個眼神、每一個哭笑的表情，都讓台下遠遠近近的觀眾看得清清楚楚。

有人有先見之明，老遠還從家裡抬了條長板凳來，板凳上多半坐著上了點年紀的阿爸阿媽或阿公阿嬤。小孩是沒得坐的，看不到戲台就在人縫空檔裡鑽，直等找到好位置為止。

不過再好的位置小孩看久了也呆不住，就開始找伴起哄瞎跑。這種廟會般人山人海的盛況，台上鑼鼓喧天價響的熱鬧氛圍，更助長了玩樂的神經和興味。

我這個外來的小客人，跟著差不多大小的一群毛頭們東奔西跑，

興奮的情緒就更加一等。還時不時得分心觀看一下舞台上那些平時見不到的神仙和美人，好像想要多了解一點什麼，又像要把他們的影像攝錄下來留在心裡記憶裡，以後才有反芻的題材。當然這是馬後砲，當時哪會想到這些，那個當下就是不朽的永恆存在了。

不滅印象

平時不到肚子嘰咕該吃飯的時間，我們都難得回到屋子裡。差不多跑到該添油的時候，才自動回屋。

有一天，我衝鋒陷陣似地第一個跑回來，屋裡沒人，靜悄悄的。我三步兩步地就衝到隔壁堂叔家去。都說堂嬸愛靜，小孩都知道少過去惹人嫌。我也從沒去過那邊。這次為著找阿媽，也就管不了那麼多，但在那邊也一樣一個人影都沒有。

那房間裡的式樣和阿媽這邊顯著不同，空間雖然小一點，每樣東西卻都擺得整齊俐落，乾淨無塵。和阿媽這邊大剌剌的擺設風格相比，簡直可以用小巧精緻來形容。

灶邊一張近窗的方桌上空無一物，西斜的陽光將窗櫺的影子倒映在沐漆的桌上，更顯得安靜。透過窗戶外望，是一堵斑駁的紅磚

牆，暈染著斜陽，那份顏色給這方靜寂的空間添上一股暖暖的祥和氣息，讓我看得著迷。往前多走兩步，門外是個方形的小院落，中心立著一棵玉蘭香，不高，和阿媽家後院的那棵相比，好像小孩和大人一樣。但是它也開了朵朵花瓣很厚、比奶汁還黃一點的肥肥短短的玉蘭，隱隱可嗅到那股甜香。

此刻還是一個人影一點聲音都沒有，我心知闖到另一家的範圍裡了，有點冒犯的味道，何況看不到主人。於是趕緊回頭，再折返阿媽家時，玩伴也已從四面八方陸續衝了回來。

而剛才那一幕寂靜無聲的庭園和景象，卻印刻一樣留在腦海，成為農莊上另一種氛圍的不滅印象。

10
昨夜星辰

大學畢業差不多半個世紀了，昨天又和李周重聚。同班來了四名難得一見的老同學，平時常見的幾名也都如常出席。

我們這一班美術系，全心作畫的很難得，倒是傾向多元發展，而且成績斐然得有目共睹。擔任美術教師本行的固然不在少數，也有從事商業美術設計的、跑去當導演拍電影的、開了建設公司的、在出版社擔任文字編輯的，也有人在旅遊公司上班、到美國開餐館、開古董店的、甚至有人進了修道院成為修女。跨行跨界，可算得是多才多藝吧？

我自己教了幾年美工科之後，突然心血來潮，跑到國外去雲遊晃盪了 20 多年。畫筆丟了撿、撿了又丟，與本行漸行漸遠。昨晚晶瑩提醒我，去年出版的書上畫了些插圖，還可以算是近期作過畫的哦。讓我猛然記起，免不了一陣興奮。如此說來，畫筆總算近來還沾到過。

聽說下個月有同學從國外回來開畫展，有始有終不改志向，還真是好樣的。

我向來認人的本領一流，高中的同學，即使畢業後多年不見，不管變得如何環肥燕瘦，都在第一眼就立刻叫得出名字，讓她們都驚訝於我這種能夠辨識原形的眼力。可是如果在路上突然和李

周迎面相遇，相信我是認不出來的，可見形貌與神情的變化不可謂不大了。聊了好一陣子之後，才依稀在眉目之間，找回一點學生時代那個不羈大男孩的模樣和神采。不過他談話時的愉悅和節奏，倒是仍然一如往昔。

他是從香港回台就讀的僑生，我們班上的僑生大約佔了三分之一的人數。在那個資訊還相當封閉的年代，這些可能來自地球上五湖四海僑生的加入，像是為我們在地同學開了好幾扇窗。在與他們的閒聊之中，讓我們對港澳、南洋，甚至印度的情形，都多了一些遠比報章雜誌上更生動的了解。

而他們畢業回僑居地之後，還是對台灣的一切念念不忘，有機會回來，總是熱切又活躍。如果有同學到他們僑居的地方，那簡直就是他鄉遇故知的興奮莫名。我在新加坡也遇到過班上的一位僑生老同學，格外親切，好像時光就停格在大學校園的那段時光。

李周第一次回來，距離畢業還不算太久，大家和在學校時差不了太多，青絲依舊，神采飛揚。而這回，餐桌周邊，幾乎籠罩著一片銀灰的髮色，有的人比學生時代還清瘦，有些稍稍增加了些微豐腴，但是沒有一個是噸位超重的。養生之道早已深入人心，胖不是福已是不須言說的一種共識。

而「你有幾個孫了？」這樣的問話，已經替代了「你有幾個娃娃了？」，全都升級成了阿公阿嬤。座中的林靖已然有 5 個兒子、7 個孫輩，是實實在在的增產報國，可喜可賀。

談起同班總共也不過 35 個人，先行離開到極樂世界報到的，竟然已有 5 名之多。對他們的驟離，在座的幾乎都驚詫連連。以往在學校時，他們的健壯似乎不輸給其他的人。是什麼原因促使這份「早夭」的？如今不是都說「人生七十才開始」嗎？

李周在學校時不但酷酷帥帥的，還是班上人氣聚焦的歌王。他人高馬大，聲音可沉厚可高亢，時不時就像開演唱會似的，在素描或油畫教室裡高歌起來，讓我們聽得薰然。我還被同學笑稱是他的擴音器，因為一旦聽到好聽順口的，很自然就跟著學跟著唱，歡歡喜喜有如山谷裡的回聲一般。至今猶記得清楚的是那首民謠：「十五的月亮升上了天空哪，為什麼旁邊沒有那雲彩？我在等著美麗的姑娘唷，妳為什麼還不快來唷？」歌曲不是台灣本土的，可韻律很美之外，由李周沉厚的歌喉唱來，更有一股高亢激越卻也閃著明晃晃月光之美。

由於他的歌喉獨具，當時頗有個想法，像他這樣的秉賦，該去學聲樂，他的缺席應是音樂界的損失。但他最鍾愛繪畫，這方面的才份也相當傑出，還曾得過水彩畫的頭獎。美術系裡，實際上意

外撈來了很不少醉心於音樂的年輕學子。

昨晚，他一說起哪首歌好聽，或是哪個地方的名曲，就立時張口以原文唱出來。還兩相比較著原文和翻譯之後的歌詞在吟唱時聲韻的不同，原歌詞的確更能夠表達內裡的感情力道與韻味。因為當時在餐廳，他唱得十分輕柔，但是醇厚的歌聲還是滿載歌曲的韻致，我們又重溫了當年繪畫教室裡獨唱會的那份況味。

出我意料之外的是，李周竟然已皈依藏傳佛教 20 多年，經常和他太太一起前往西藏拉薩修練，極其虔誠。他問我有什麼宗教信仰？我說，對宗教我都尊重，也很有興趣了解聆聽，但是讓我迷進任哪一種，好像都難。雖然我十分羨慕別人，能夠全心全意一頭栽進一種宗教裡，似乎可以把現實生活裡所有的不順與重擔，一股腦全扔給了宗教來擔當。我可以意會得到那是多愜意的一種舒放，但我就是沒法做到。

想來這個「我」字，在自己人生之中，還是很主觀的主宰著自己的言行思考。坐在旁邊的敏敏說：「有重心，雖然不是宗教」。正是她所說的，我的重心所在，至少目前不是宗教，然而究竟是什麼？應是一份理性不滅的清醒與堅持吧。即使都摻合著對人世的悲憫情懷，同時卻又欣賞著紅塵裡起起落落的蒼涼、美麗和燦然。可見我十足十的是個世俗中人，而我也沒有要刻意

騰越的意圖。

可以這麼說吧,我愛紅塵,儘管了然它必然的缺憾和永遠不可能達至的完美。然而完美真的那麼需要我們奉之為圭臬嗎?我想未必,無論人生或藝術,不完美卻依然絕美的,不會只是屈指可數的少數。而完美無缺,也有可能是最乏味最激不起熱情的一種形式和拘限?

有沒有聽說過那個笑話:一個人上了天堂之後,卻請求天使將他轉換到地獄去。天使很詫異地問:人人都希望上天堂,你既已來了,為什麼要去地獄呢?那人說:事前我可不知道天堂竟然這麼無聊。

當然,這只不過是個笑話,沒當真的必要。

待餐點送上來,我注意到李周和他太太點的都是最簡餐,他說:「我何必要吃那麼多?」原來在虔誠的靈修路上,讓他們將口腹之欲也都降到最低,不會目迷五色之外也不做口腹的奴隸?還是他們很自制很客氣?知道輪不到遠來的客人付帳,就盡量以不打擾的方式,只要和大家見面聊天,重溫年輕時的種種,就是一份最單純的快樂?

不論是出於哪一種心理，都可算是得宜的自制。人生走到這裡，他們比我這種管它三七二十幾的隨興態度，真是顯然有修為得多。

在隨興閒聊裡，最顯性情，當年比較老成持重的，如今依然；當年活潑外向的，還是話筐子一開，就全方位掃射。像李周在閒聊之中，絕無冷場，時不時還唱上一段，讓大家驚豔一下。

而他太太卻抱怨說，他什麼時候都在唱，即使她在打電話的時候都不得不分心。我們都笑了起來，人間夫妻相處，大約都是如此。

這該就是所謂的金山銀山，置身其中，就都不過感覺爾爾。只有濛濛遠遠的聖山最美，還得只是偶爾現身顯形。如果天天都兀立在那裡，日久也就淪為淡淡的一抹尋常風景。

臨別之前，大家拿出手機，你來我往熱絡地交換聯絡地址、電郵或 Line 。即使相隔千山萬水，只要指尖輕靈一觸，聲音笑貌都立現眼前。拜科技之賜，電子通訊的隨心隨興，相對於先前藉郵局傳遞一彎三拐的「魚雁往返」，還真是來得直接來得全面。

走到餐廳門口，我和這些年難得一見的林靖說，還記得他當年在

教室裡的模樣。記憶裡他來自宜蘭，總是笑臉迎人，一副清純模樣。他卻自嘲地說，現在已經不純囉。由於對電影的熱衷，那個年頭他已在片場裡當場記了，後來果然躍身為台灣的名導演之一。

他說的「不純囉」可能嗎？人生路上，固然得學會一些機巧的生存適應之道，但本性應該不至改變太多也不至被全然磨滅的，至少我相信，同時也祝福。

都已是昨夜星辰，在我心中卻都燦然依舊。

11

記得當時年紀小

算算時間，和小學同班的胡稚民，有 40 年沒見過面。

和他一道來的妹妹和女兒一聽「40」這個數字，眼睛都睜得老大。40 年，足夠一個小貝比成長為父字輩或母字輩的人物了。

但是，今天我們一見面竟然一點隔閡都沒有，就像又回到了薇閣校園，好像又回到同一間教室裡，各自現寶，小時是什麼個性，現在一點也沒改變，愛嘻嘻哈哈的還是嘻嘻哈哈，愛說笑話的還是笑話說個不停。

這次他自美返台，昨天先去辦身分證，很誠實地對櫃台人員說明自己已婚，戶政事務所要他拿出證明來以便登錄。他是在國外結的婚，匆匆忙忙的沒帶證書回來，照規定就只能保持離台前的記錄 — 單身。他今天得意洋洋地宣布自己目前是 — 黃金單身漢，值得乾一大杯。可惜後天就離台返美，這乾癮也只能過幾天而已。倒是給了大家不少打趣的機會。

這次回來的還有低一兩屆的許振雄，他在聖地牙哥開餐廳，現已退休。他說隨時去他家都會烹煮美味給老同學品嚐，手藝不變，而且寶刀是越老越好。

我們約了好幾位老同學一道去台大的餐廳聚餐，然後在校園裡邊

逛邊聊。台大校園在台北的大學裡算是寬敞的，農學院還有自己的實驗園區，有魚池養魚。校園裡一路花木扶疏，天氣又晴朗，其實不管景色宜不宜人，大家都一樣樂趣無窮。

走到魚池旁邊，很多人用手比劃著，驚訝池裡的魚養得又長又肥。池邊上有人坐著聊天，手裡牽著小狗。胡稚民煞有介事地說：「你知道狗為什麼要牽著？因為怕狗萬一掉進池子裡，準被大魚吃掉」。

他要我靠近池邊看看那條大得驚人的魚是什麼樣，而我只敢走到距池邊還有兩步遠的距離就停了下來，他說：「怎麼離這麼遠，能看到什麼？」

我說：「我不在乎魚有多大，我擔心的是靠得太近會被你推到池子裡去」。

小時玩笑開多了，防著點準沒錯。雖然如今都已為人父為人母，甚至是爺爺奶奶的輩分了，但是小時候的朋友見面，時光不知不覺就會倒流，今夕何夕，對年齡會不會暫時失憶，誰也沒個準吧。

可是對小時候的事情倒是記的清清楚楚。

一直記得小六上學期的身高，幾十年前的事了，什麼不好記，為什麼特別記得這個？

原因是當時正和胡稚民比高，那時我是 153 公分，他 156 。我說：「有什麼稀奇，也不過 3 公分，下回一定趕過你」。

沒想到，下回量身高時，他突然往上直竄，到中學之後竟然長到 175 公分，簡直就是不按牌理出牌嘛 — 亂長。

這件比高的事，讓我嚐到挫折的滋味，想當然很難忘掉。

胡稚民在班上一向表現得十分理性穩重，像我們喜歡聚眾喳呼亂鬧，他經常只作壁上觀。甚至會說，早就知道你們鬧到最後就是吵起架來，所以我一開始就不參加，免得不歡而散。這種理性和先見之明真是想不佩服也難。

但是他畢竟也是個小孩，也有愛鬧的時候。

六年級他的座位在我的右後方，上講台交作業一定會經過我的座位，等他往回走時，我就悄悄把腳伸出去，希望絆他摔一大跤，但是他很機靈，這種機率根本是零。倒是有一回他穿著高筒球鞋的大腳故意要用力往下踩，不是我縮得快，大約就當場

變成「擺咖」啦。

不過我往教室後面走時，他也是禮尚往來，慣常的理性就不知到哪去了。

總之，小時候吃飽撐的，精力過盛，不時時出點花樣大約會坐立難安。

下課後，人人都喜歡翻字典，看看有沒什麼新鮮有趣的詞彙，倒不是出於好學，而是儲備基金好消遣別人。他對繪畫相當有天分，我也一直愛亂塗鴉。不管下課也好上課也好，我就是畫個不停。他每回經過我的座位，只要看到我在塗塗抹抹的，就會丟出「錦灰堆」三個字給我，那意思就是 ── 畫得爛透了。

上體育課時遇上投籃練習，他一定送我「百發一中」四個字。不仔細聽，還以為他這個身為籃球校隊的在恭維我是神射手呢。

倒記不得我送過他什麼難忘的好詞，可能我這人從小就老實厚道吧。當然，人的記性難免有誤，那可就怪不得我不提當年的勇的紀錄啦。

小學畢業時流行在紀念冊上題字留言，還互贈照片。每個人都煞

有介事地找些名言、詩句或成語，寫的最多的大概是「前程似錦」或「勿忘影中人」之類。今天聽胡稚民說，居然有人送他一句「上天無路，下地無門」，害他哭笑不得。不過，那也是成語嘛，對吧？想當年我費盡心思寫給他的東西，如今他一個字也記不得，還不如這位同學寫的，讓他畢生難忘，真是出奇制勝，倒也值得。

有一回看了史都華格蘭傑、米爾法拉和珍妮李合演的「美人如玉劍如虹」這部電影，對裡面出神入化的劍術真是既佩服又著迷，於是人人都自比為出類拔萃的劍客。一次我和胡稚民一言不合，各自撿起一截樹枝和細竹，就這樣你來我往的，在六年級教室前的那塊空地上，躍上跳下地比劃起來，想學劍俠比武把對方打到認輸為止。他的身手相當靈活，他固然刺不到我，我也別想刺得到他。在他突然一轉身跳出我的劍影時，我冒火地拾起地上一塊小石子，猛然向他扔去，不偏不倚正好砸到他的鼻樑邊，神準之至。

我正要歡呼「你輸了」，這時胡稚民摀著鼻樑說：「你這樣扔很危險耶，有人就是被砸到鼻樑當場死掉的」。聽他這麼一說，我的得意霎時煙消雲散，鬥劍的意思雖然是要制服對方，但是真要他當場死掉，我可沒那意思。鬥劍的興致也沒了。而此後，我再也沒有用石子扔砸任何人的紀錄。

離開台大校園之後，他們還要繼續下一攤的活動。而我的背傷
已經撐不住開始痠痛起來，只好和老友 bye bye 先脫隊了。一路
上，那首「本事」老歌的旋律在耳邊不停地迴盪。在人生的這
個時候，和在年幼時的感受，歌詞所表達的意境竟有天壤之別。
小時是不知憂愁的，如今滄海桑田，有的該是透達了吧？當年
的愛說笑和如今的，是一樣的心情嗎？可能彼此心中更多的是
一份祝願 ── 不論花落是多是少，願彼此都能安好。

～～記得當時年紀小

我愛談天，你愛笑

有一回並肩坐在桃樹下

風在林梢鳥兒在叫

我們不知怎麼睏覺了

夢裡花落知多少～～

2010／04／14

12

燕歸來

昨晚敏敏約了幾位老同學上他家聚聚，除欣賞他家的新裝潢外，又去鄰近的北平都一處大啖一頓北方美食。餐後散步回他住所繼續喝茶聊天。沿仁愛路國父紀念館旁的人行道，黃挽著我的手，邊走邊聊，都是閒閒的話題，但是感覺上很溫馨，有如時光又倒流至大學時代那段無憂無慮美好年輕的日子。

羈留海外 20 年，與這幾位老朋友聯絡不斷，每回重聚時的那份友情，平常裡含蘊著真誠，讓我相當感動。

夜裡竟很莫名其妙地夢到初中好友小薪，後來他雲遊到地球的哪一個角落，已無從找起，斷了音訊。另一個失聯的，是以往面對面坐的老黃，總分享辦公室裡所有的喜怒哀樂。只記得她說過要搬到蘭雅國中附近，每回經過那裡，總想大叫她的名字，不知是否就此能把失聯的她呼引出來。

那天走在長沙街，走在圓環，以往識與不識的街道，載不載回憶的地方，都讓我深嗅到一股濃濃的台灣古早氣息。那些都是在今日摩登的台北市容下，逐漸黯淡、也逐漸消頹的風景與風味，但那些才是我曾經生活與認知的北台灣。

西門町的西寧南路，曾包含著高中畢業時怯生生的謀職經驗；衡陽路曾經是繁榮的中心點，更是去小王家吃她自煮白切肉沾醬油

膏的美味回憶;重慶南路則是北一女建中師大附中學生每天必經必碰撞的路線;無論當時是喜是愁,都已是過眼雲煙。然而沒有那些日子的堆疊與過濾,沒有今天成熟的自己,沒有以往朋友的支持,相信我走不了這麼遠的路。

人生的際遇不是每個階段都可預知的,但既已投入,環環相扣,總是因緣。能珍惜,能欣賞,人生就不至處處留白。

憶及「大河戀」電影故事,情節簡單又十分傳統,只是注入滿滿的鄉土感情。能有一個地方讓你永遠魂牽夢繫,也是一種彌足珍貴的情懷。

童年時長住的大屯山下,是我無時或忘的地方,至今沒有哪個地名能夠吸引我更多的回憶與懷念。大約每個人都對童年生活的環境有一份深切的卻未必自知的深情。終究童年時的每一個人都是單純易感的,故能永誌不忘。而走過越多的滄桑,那份情懷也越容易被觸動,卻也最能夠止痛療傷。

「大河戀」的原作者,即以在年邁體衰之際,回味其童年所生活的山山水水,以及已然的物是人非。沒什麼震撼的情節,卻似那條貫穿蒙塔拿州的大河,貫穿心田,且汩汩不絕。

13

又和音樂相遇

這段脊椎骨折養傷的日子，不能算太長可也不短，三個月什麼動作都被禁止，只能躺著，也真是累人。時日該怎麼消磨，讓自己能夠耐得住這份不得不的禁制和無聊，除了看看書之外，我想，聽聽音樂應該是最不費力的了。於是，請友人幫忙找一副大一點、舒服一點的耳機，床頭的音響設備就此開始忙碌起來。

音樂 CD 有整櫃子，但是一向十分冷落它們。只因為聽力莫名其妙受損之後，聽什麼都非得特大聲不可，我聽音樂，別人卻像被雷殛，久而久之，音樂於我，早已視同陌路。在不願干擾到別人的顧慮之下，乾脆放棄，對於一個曾經希望報考音樂科系的人來說，該算得上是一項損失。而生活裡一向壓抑自我，竟至於斯。

昨晚翻出一片齊豫的 CD，裡面有一首類似民謠的「船歌」，重聽之下才感受到那份節奏之美，禁不住淚如泉湧。這是我戴著新買耳機聽的，否則很多節奏其實都聽不清楚。羅大佑這首歌，詞曲都寫得極好，齊豫猶如天籟的歌喉也在戴耳機之後，才真正欣賞到她的婉轉細緻。心靈柔軟善感的一面就此被音樂的魅力喚醒，而平時冷冽的道貌岸然就此潰不成形，在聆聽的當下，再也無法拼湊得完整。

經常奇怪那些好美豔無雙的萊塢大牌女星，怎麼都願意下嫁給那些相比之下名不見經傳的樂團歌手，這下才福至心靈恍然大悟。

是因為音樂的魅力無邊，震撼或感染心靈的力道真是非同小可。一部電影或一本小說至少要兩個小時以上的聚精會神，才能讓人領略到內涵之美，而一首歌，只須幾分鐘的時間，已讓人心馳神迷，比重上更無法輕忽。

這次摔傷，倒讓我重新拾獲了年少時的最愛，真是意外的收獲。任何時候的人生逆境，都得給自己找尋一個希望的出口，不能把自己憋死在傷痛裡面。

重聽貝多芬「少女的祈禱」，錚錚鏦鏦的鋼琴聲自耳機裡流洩而出，一個少女的心頭能有多少祈願與祝禱，猶如春天繽紛的花語。而在歷經歲月洗禮之後，能有多少的祝禱成真，又有多少祈願就此幻滅？在人生的此刻回首，感受當遠勝於滿是青春夢幻的年少了吧？少小時的玩伴而今何在？星月之下攀窗越戶，只為了要進入學校擺放鋼琴的大禮堂，彈奏出那份對未知的嚮往，只為尋求心理上稚嫩不含雜質的共鳴，充滿著喜悅與真摯。雖然時過境遷，共鳴的琴弦卻從不曾在心中止息。

「合唱交響曲」裡和聲部層層疊疊般高聳入雲，讓心情隨著歌聲直昇天庭，歌聲確實是有翅膀的。即使如今搭飛機穿過厚厚的雲端，也不復再有那種七重天般的快樂和眩暈般的和鳴。

「輕騎兵序曲」裡，在某小段落的最後，竟脫群似的亮出一小串似豎笛的音符，明亮清脆得猶如猛然在樹梢瞥見一排色澤清麗驟開的小花，亭亭而立，心靈之眼倏然驚艷，聽得我砰然心動，似乎爽颯如風的輕騎正從眼前馳騁而過，把神駿與灑脫宣洩得盡致淋漓。

而曾經的熱門流行歌曲裡，「Blowing in the wind」曲調的低迴感傷，他們輪唱時的連接無間，和聲部的低沉嗓音，都讓我一遍遍重覆聆聽不能自己。

淚流滿面不是因為任何傷感，而純然是一份心的悸動。曲調裡的音符，或輕快俏麗或低沉厚實，連續迴旋飄盪著，引領心情飛上雲霄，或宛似經歷夢幻風暴般良久沉吟。音樂的感動是無由抑制的，它就是有那份穿透力，那麼直接滲入或是撞擊到心靈深處，無由防衛，無由阻止，想對它做任何拒絕都絕對措手不及，只要你有敏感的聽力。

藉助於耳機，我終於重新聆聽了完美的聲音，再次與致命愛好的音樂相遇。如此，再怎麼樣的傷或痛的遭遇，在樂聲彌漫之際，又算得上什麼損失？音樂的震顫和撫慰如繁星佈滿於天空、充實於空氣，無論何時，我都願與你親近，臣屬於你。

一朵花 vs. 一枝花

「花容月貌」，是我們經常聽到用來稱讚女子容貌美好的說法。而繁花似錦，這種以花比擬女子的形容詞，不但貼切，也相當受到女子本身的歡迎，無論古今。

小小的女孩是小骨朵、小花苞、小蓓蕾；到了接近十七八成年的時候，就是含苞待放，最是引人遐思和嚮往。因為它的未來有無盡的可能，不論是顏色，不論是花形。也因此象徵了那個年齡女孩子的受寵和期待。當然幸運的女孩子也都有這份認知，人生在這個階段充滿不盡的夢幻和期許。

待到年齡慢慢增加，以花來形容的用詞就逐漸褪色，什麼「殘花」、「將盡」之類的字眼都可能用上。明擺著認定女人青春難以永駐的宿命。

大學時代就曾經流行過這樣的順口溜，「一年嬌，二年俏，三年拉警報，四年沒人要。」即使大學四年級的女生，能有幾歲？可以了解當年對於女子的年齡是十分敏感的，比之古代的觀念也好不到哪裡去。

曾幾何時，和法國性感小貓碧姬芭杜所演的「上帝創造女人」差不多時間的「女人四十一枝花」，另外一部也造成了頗大的轟動。記得當年從中華路路橋上瞻望樂聲戲院的巨幅廣告時，不只

是視覺，連智覺也感受到前所未有的震撼。因為它突破了從小不由己被灌輸的成見。對哦，四十才一枝花耶，哪有多老？！

這個翻譯真是神來之筆，頓時就扭轉了時空的價值定位。自此對成熟女性的讚譽即離不開這個說法。可能受了它的催化，女性本身的意識也加快速度地逐漸抬頭逐漸清醒。每每在自我鼓勵的時候，這個用語更是廣為流行。

年輕時我有個十分要好的朋友，皮膚白裡透紅，比西方人皮膚還要漂亮好看，大約現在的妮可基嫚才差可比擬。她的頭髮又多又厚，還自然帶點目前染髮時興的咖啡色。大眼睛，笑起來又豈止是明眸皓齒四個字可以形容得盡。而且她身高 170 公分，在那個 160 就算得上高個子的年代，她可真是百分百的亭亭玉立。又不屬竹竿型的，腰身曲線極為勻稱。有一天她走在街上，竟然有人上前來對她連連英語講個不停，聽得她一頭霧水。待對方知道她不是洋人之後才連連致歉。說原以為她是外國人，想藉機練習一下英語會話。笑到我們差點倒在地上。

沒想到這樣的一個大美人，對年齡敏感的程度卻遠在一般人之上。在她 40 歲生日的那天，不但沒有開趴慶祝，還自認為年華已老，一個人躲起來大哭了一場。我們知道之後又笑翻了。什麼時代了，不都已經說這個年齡的熟女是一枝花了嗎？還難過什

麼！可見越是美得出眾的人，越是怕「美人遲暮」，是一種難以超越的心頭壓力吧？

再回想那一朵花和一枝花的用字差別，好像突然一點靈犀地領會到了些什麼。一朵花只著重在外形單純的美，可以是形容純淨的容顏加上純真的心情，是青春的寫照。而一枝花，就不單單是一朵花本身那麼小小的範圍了。除了花冠之外，還要兼及花的枝和葉，是整體美的總和。明白一點的說法，就是還得有些內涵，學識、風度、氣質，然後才夠得上整體一枝花給人的觀瞻印象。

咬文嚼字？好像是有那麼一點。

15

紅 河 谷

～～ From this valley they say you are leaving

We shall miss your bright eyes & sweet smile

For you take with you are of the sunshine

That is brightened our path way for a while

Then come and sit by my side if you love me

Do not hasten to bit me adieu ＊

Just remember the red river valley

And the cowboy has loved you so true

For a long time my darling I with you

For the sweeper you never would say

Now and last you＇re my thumper ＊

And that is for they say that you＇re going away

Then come and sit by my side if you love me

Do not hasten to bit me adieu

Just remember the red river valley

And the cowboy has loved you so true ～～

這首老歌，傳唱了超過一個世紀，作曲者和填詞人，已然不詳，
有人說它從 1879 年就已流傳開來。但「紅河谷」是一個地方，

至今猶在。傳說中的竟有兩處：一在美國德州北邊；一在加拿大境內。

然而流傳年代既已長達百年以上，怎麼爭論都難有結果。考據歸考據，一般都偏於相信，背景就是美國的那個紅河谷。畢竟牛仔這個角色，向來都是美國專屬的特產，別的地方很難搶得過其風采。

這歌從小聽起，而自從能夠讀英文之後，就捧著它的歌詞唱個不停。另有一首和它齊名的且韻律近似的，歌名倒是不記得了，是寫山谷中明滅的燈光。一位母親，總在窗前留下一盞燈火，給常年浪蕩在外，可能深夜歸來的兒子照路辨認方向，溫馨十分。都是民謠風的歌曲，也都讓人聽得欲罷不能。

記得 30 多年前曾買過一張黑膠唱片，是幾位美籍日裔組成的「黑鴨合唱團」所錄製，收錄的全都是最風行也最好聽的美國民謠。這兩首歌都在裡面，簡直讓我聽得如醉如癡。後來人出國了，唱片也不知流落到哪裡去了。即使還在，如今的音響設備也只能放小片的 CD，也就等於報廢沒用了吧。如果還能找到這個合唱團的 CD 或曲目，真不知該要如何狂喜！

久不聽這首老歌，昨天意外翻到，聆聽之下，竟讓我差點淚濕衣衫，自己都覺得莫名其妙。不過就是一首老歌，現在的年輕世代說不定連印象都沒有咧。究竟為什麼會感動到幾乎無法自己？

女兒在旁邊打趣，笑說：「你真是太好騙了，也不過就是歌詞寫得好，你就什麼都當真。」說的也是，怎麼一會兒鏗鏗鏘鏘的理性第一，一會兒又浪漫指數超標的感性滿載？看來是老天不經意多給我放進了一個易感的魂靈吧？

細細思索之下，其實這份感動裡，多少摻有點滴歲月流過的感慨。而對歌詞中那些最精微的表達與轉折，也唯有經過時光烋瀝之後，才能更全面也更深入地體會？話說回來，也可能因了歲月豐厚的累積，倒是自動幫它加添了深層的背景色調？竟此就越聽越有味道？

不過這首歌能夠歷經百年而不衰，進入了美國的民歌排行榜，還曾被同名電影採為主題曲，相信一般人聆聽的感受相距都不會太遠。

我們就單來欣賞體會一下，這首老歌的歌詞本身所包含的，象徵著大西部的那份風情和韻致。

依歌詞來想像，最讓人印象深刻的，首當其衝的就是用上了「紅河谷」作為背景，一片廣闊遼遠的景觀，先就攫住了想像中的視野。一個和 cowboy 常相往來的的女孩，決定離開她成長的紅河谷，可能是到遠方的城市去謀求發展？這種情形在美國本土幾乎要算是一種常態。這個鍾情於她的 cowboy，對她滿是依依之情。然後，以那種有點粗獷的牛仔風味，唱出了他不羈卻又深情、兼且溫柔的心境。

先來看看這句「Then come and sit by my side if you love me，Do not hasten to bit me adieu」，再普通不過的話，可在這個即將別離的當下，cowboy 卻可以這麼灑脫但仍然溫情地對待，從表面看，我們只覺得詩情浪漫，但再往深處體會，那種「雖然我愛你，但是你既然決定離開，我也尊重你的意願」的心懷，好像就不是很容易的態度了吧？

回頭來看看我們東方，如果有個雷同的場景，一般的對應會是什麼？可能是男方對女方的辱罵、發飆，也可能是暴力相向的「離開我妳就只有死路一條」，而對女孩的意願，當然就難得會有體諒的同理心了。我們的電影和電視編劇，在這種時刻，會做何編排？肯定多偏向讓女孩飆淚，好像女孩不哭有違倫常人性，說不定天都會因此塌下來。

由之可看出民風的差異，美國女孩在行事上多半能獨立自主，而我們東方就經常有諸多的限制。直到如今的 21 世紀，很多女性仍然是「在家從父，出嫁從夫，老來從子」。反正就是沒有自己的意見和聲音。你或許會說，在家聽父親的也沒錯啊，我贊成，父愛母愛都是不容置疑的。但「從」與「不從」的先決條件，還是要看所說的有沒有道理，對還是不對。盲從在人生的任何階段，都是不該被鼓勵的態度。我可沒鼓動年輕人鬧家庭革命的意思，只不過鼓勵年輕女子多點自覺而已。

「出嫁從夫」這點，在這個時代，應該改為互相尊重和商量，對吧？可是直到今天，還是經常可以聽到一般家庭裡，都是對女方吼叫：「你懂什麼！」前段時間看電視偶爾轉台，一齣連續劇裡的先生對太太揮手說：「你不懂這些，到廚房做飯去。」此情此景還頗讓我有點傻眼， 21 世紀了耶。

這樣的編劇是在教化些什麼？強調女性直到今天還是沒膽識沒腦袋，甚至應該大門不出二門不邁？

最近報紙有一則新聞，是一位年屆 90 的老太太，堅持要和她先生離婚，聲言「生不做他家人，死不做他家鬼」。但是高等法院的判決，無視於分居 25 年的事實，認為他們之間相處得還算和諧，所以離婚申請不判准。

這種判決是否表示，要離婚就得先吵得喧天價響或打個你死我活，才夠判准的條件？豈不是鼓勵無法相處、或再也沒有意願共同生活的婚姻，都得走上毫無理性的吵鬧和全武行？而不是用對等的商議方式來解決問題，還男女雙方各自一片清朗的新生活。

這位 90 歲的老太太，為什麼會在這樣的垂暮之年，仍堅持要離婚呢？她自己說，她的婚姻生活從來就是被辱罵甚至暴力對待，一直以來丈夫刻意壓抑她，讓她覺得還不如一條狗。這樣的婚姻生活超過 60 年，真是情何以堪。

如今她的「自我」覺醒了，離婚的申訴會一直上訴到獲准才肯罷休。

我無法猜測她的這種自我覺醒，在我們東方社會能得到多少的支持？最大的公約數可能是勸她「息事寧人」，既然天路不遠，無論什麼也就算了，何必那麼認真？

你認為呢？這樣的處理方式是公平的還是鄉愿的？是對人性的尊重還是一種抹滅？

我有位友人的母親，在年屆 70 的那年決定出家，要求離婚，整個家庭都怪她，這麼一把年紀了，鬧這種事多丟臉！讓一大圈的

親朋好友看笑話，他們父親的面子要往哪裡擺？但是他們的母親意志已決，一定要在出家之前，了卻這份塵緣。

在這之前，即使同居一個屋簷下，他們夫妻之間也沒有溝通的興致。只因有了年紀，吵也吵過了，鬧也鬧過了，最後的不吵不鬧，只是理性勝過情緒而已。實際上也等於各過各的。

自從離婚之後，男女雙方倒也真的各自生活得輕鬆愉快。

報載的這幾位女性，在人生的尾端，還堅持要離婚，不難想像她們過去生活所受的高壓和委曲，應是累積到再也無以忍受的地步，才不得不提出這個離異的申訴。也或許是，到了人生的尾端，再也沒有什麼養兒育女的牽絆，所以強忍與獨吞辛酸痛苦，再也不是堅忍煉獄的必要。

她們寧可捨棄一向生活所熟悉的網絡，寧可被周圍的親友指責謾罵，寧可再次單獨面對未可知的前景。毋可諱言，她們的勇氣都相當不同凡響。

而在你的意見裡，她們算是做得對或不對？值得還是不值得？是應該直到死亡來臨的那一刻，都隱忍著生活中的屈辱與不滿，還

是還我本色，才不辜負生而為人的自我、自在和自尊？

啊，聽首老歌好像沒那麼複雜，是嗎？年輕時聽它，純粹是愛情的憧憬與美好。而今竟從愛情這檔事裡，也萬花筒般看出了各種的變化多端和景觀？畢竟世態看多了、也經歷得多了，那份美好單純的一廂情願，已很難做為行事處人的唯一標準。

但這首老歌的旋律還是很美很曠達的，即使分手，也珍惜曾經的既有。你有你的前程和理念，既與我的不同調也不同道，我們就此分道揚鑣，但你仍是我的最愛。這該就是「不在乎是否天長地久，只在乎曾經擁有」的真諦了吧？

16

也說小時候

兒子小時有一本童詩，常以昆蟲和小動物作為題材寫些趣味的押韻詩句，蚊子、蜻蜓、蝴蝶都包含在內，配圖相當活潑，色彩明朗，我兒子對那本書愛不釋手。不但對每一首都背誦如流，還揣摩小動物或小昆蟲的模樣動作，邊背誦邊表演。

他對詩詞、歌謠的興致很高，我也就教得更加帶勁。記得其中一首是這樣的：

小老鼠，上燈檯，偷油吃，下不來。叫爸爸，爸爸不睬，
叫媽媽，媽媽不來。嘰哩咕嚕滾下來。

整首歌謠動感十足，很是有趣。

大約在他 6 歲快上小學那年，有一天中午，已到了午餐時間。我因為忙著手邊沒做完的事，所以午飯還沒張羅。兒子說了兩次他餓了，我叫他再等一等，我馬上就好。

這時卻聽到他的聲音在廚房門口，很有韻律地唸起來：

肚子餓了真難受，叫爸爸，爸爸不在家，
叫媽媽，媽媽沒有空，只好自己餓肚子。

不聽猶可，這下管它什麼事沒做完都得丟下，趕快去準備午餐餵
飽這小傢伙的肚子，竟然套首歌謠來抗議呢。沒想到平時教他的
那些童詩童謠，還真有派上用場的時候，不禁令我莞爾。

自出國之後，他所就讀的僑校雖然每天都有一堂中文課，可是依
照僑校學生的中文程度，所教所學只限於白話文，古文和古詩詞
倒是絕無接觸的機會了。

不過我知道他還是很喜歡吟哦之樂，每一有空閒，總會隨手書寫
或唸幾首詩詞給他聽。順便講一些我國古代詩人的寫作風格：有
的狂放不羈，有的豪邁瀟灑，有的則刻意淺白，以期讓不識字的
老太太都能夠懂得，像白居易就是最典型的一位。我認為這樣可
能對體會詩人的作品多少有些幫助。

一次我邊唸邊寫三國演義裡的一首詩作，還沒寫完他就打岔
說：「怎麼寫詩會淺白到這個地步？『滾滾長江都是水』還需
要說嗎？」

我愣了幾秒才回過神來，大約我方才邊唸邊寫的沒唸清楚，三國演義裡的『滾滾長江東逝水』，於焉淺白到成了『都是水』的地步。

恍然大悟之後，母子相對一陣捧腹大笑。

如今兒子已經成年，每回我去他那裡小住，他於下班後常會陪我在住家前的草坪上打打羽毛球，舒活舒活筋骨。所謂的「羽」字，當然是十分輕量級的，我在輕鬆揮拍之餘，還可以好整以暇地哼著歌。

大約和兒子在一起，難免會有時光倒流的心情，此時那些陳年老歌總自動翻箱倒櫃的突然不請自來。幾十年前電視連續劇的插曲，也不期然的就冒了出來：「三國戰將勇，首推趙子龍，長板坡前逞那英雄 — 」

這時兒子突然說：「原來是這個意思啊！」

聽他的語氣，似乎話中有話，我說：「怎麼？這不都是你小時候會唱的歌嗎？可能還是你先會唱了，我才跟著學的呢。」

兒子回說：「那時我可不是這樣唱的。當時我一直覺得奇怪，『三

國』為什麼一定要『沾醬油』呢？」

差不多 40 多年前的啞謎，這時才得以拆穿還原。這部古裝連續
劇播放的時候，他大約才 3、4 歲。依樣畫葫蘆，能怪他想像力
豐富嗎？

當然我們母子的橫隔膜因而又得到了一次很劇烈的運動，有一種
原來如此、豁然開朗的快樂。

17

孰悉與不孰悉之間

曾和一位朋友通郵一段時間，你來我往談得相當熱絡，由於滿談得來，就把他引為熟識的朋友之一。豈料他趕緊否認說「我們不熟不熟」，很緊張地急著撇清。

那態度乍看之下，好像我這人是什麼前科慣犯，太熟了準會吃人不吐骨頭。不然就是他有什麼苦衷不得不韜光養晦，形影一曝光就會見光死。否則為何只因「熟悉」兩個字就如坐針氈？

當時對他的這種態度很不以為然，朋友相交，可能只憑幾句話感覺對味，就此成為一生知己。靈動一點的，可能只是一個會意的眼神，從此就情牽一生。當然，這些說來似乎浪漫了一點，即使不無可能，畢竟也不是經常發生的事。只不過，在我的觀感，交朋友，只要能看談得來，其實沒有什麼好緊張得過於戒慎的。

然而經過多日的揣摩體會之後，倒也不得不多少認同一點他這種審慎的心態。說的也是，我們都天真地自認為對某個人相知甚深，可究竟深到什麼程度，你能夠具體明白地說出來嗎？想當然是未必。

如果有那麼一段時間難得聯絡，是否感覺上這人要變得影影綽綽，似真似假都有點讓你猶豫起來？除非，你們交往的時間前後十幾數十年，那就感覺實在多了。即使三年五載沒有音訊，一見

面還是老朋友，一點隔閡都沒有。時間，在友誼這件事上，有如一種保障，像是一種標籤，很少讓人走眼。

換個角度看，至少至少，這種坦率的否決，總比假惺惺的敷衍來得真實來得可愛。而要有那份說出「我們不熟」的勇氣，實在就已經夠得上一份相當真實的勇氣了，不是嗎？

每個人天生的個性和後天的歷練，點點滴滴地形塑了各式各樣不同的行事風格和人生態度。那些能夠稍一接觸，就判定自己能夠和別人成為朋友的，心地坦蕩蕩固然無須置疑，樂天的氣質也必是特質之一。

然而那些審慎如臨深淵、如履薄冰的個性，想來也有他們養成的經歷和環境。可能他們對人生的高處不勝寒和低潮時所遭遇的冷漠和冷眼，體會得比一般人更加深刻更加透澈，因此也比一般人來得更為審慎？

但是如果有一天能夠讓這樣的人敞開心懷，相信那份友情應該更是彌足珍貴，並且很可能竟是堅不可摧？

有時我們對自己都未必能夠了解十分，經常莫名其妙地作些出乎自己意料的情事，那時我們是否會驚訝地說 ── 這怎麼可能是

我？這會是我做的事嗎？萬一有這樣的情況發生，就更容易體會
— 對自己都不一定掌握百分百，何況是對別人？應該是沒什麼
絕對拿捏得準的說法。

有時我想，人與人之間的交往，可能就像畫家對色彩的偏好一
樣，有的畫家特別喜歡黃色調、有的對紫情有獨鍾、也有人就是
喜愛整個畫面都是藍色系的天下。如果根本上先天就不對胃口，
實在也沒什麼好強人所難，甚至勉強自己的。因此可以說，能不
能成為至交好友，其實還在一個緣分。

以前我是很奚落「緣分」這兩個字的，但是隨著歲月的累增和人
事的變化，卻對緣分這個說法日漸有了認同。人海何其遼闊，為
什麼這人會是你的鄰居、那人會和你在教室裡是鄰座？多少都可
歸於這個「緣」字。

好像有點命定的味道？也不全然。就好比一個蘋果送到你的面
前，吃與不吃可就是你個人的選擇。所以，人與人的相知相遇，
多少都有點緣分，可究竟是什麼緣？還是得取決於自己的因應。
這樣說，才有點現代人自主的精神，對吧？

有人說 — 四海之內皆兄弟，真是夠海的。我倒寧可說，只要心
胸開闊，人人都可能成為朋友。尤其網路上，各就各的喜惡發發

意見，吐吐牢騷，沒有實際的利害衝突，交朋友應該不是什麼難事。

也有人認為，現今的網路時代，在鍵盤上打出來的的言詞，可能瞬間就已經過了千思百慮，多少掩蓋了一點真性情。然而日久天長，本真的那個我，就算神龍見首不見尾，完全隱藏卻是絕無可能的。一般正常的情況，還真有可能交到很談得來的好朋友呢。

我這人，多少天真了點。這應該算是我比較無可救藥的性格缺點或特點？但是既已到了這把年紀，優點也好缺點也好，我自己倒是都能坦然接受，也不在意能改變多少。甚或，根本就沒改變的意願。

人生貴在自適自在，其他的，不論什麼說法想法，只要不是你自己的或不合於你的，就隨它去黃葉舞秋風吧。能多交幾個可以傾吐肺腑之言的好朋友，人生何其快哉！

18

真情破表

參加一位小學老師的告別式，同學們前去的不少。對小時候教過我們的老師，頗有依依之情。

之後大家從靈堂出來，聚成一堆互訴著往日情懷的種種。

這時，一個低屆的男生，站在較高的台階上，大老遠地向我伸出手來。我一時會不過意來，望著他的手思忖著，他這是要做什麼？

腦子急轉彎之後，猛然領會到，是啦，小時候大家都再熟悉不過的老師過世了，大約給他很大的衝擊，此時此刻，感慨著世態的炎涼、生活的起伏不定，老同學之間的情誼就顯得格外可貴、格外值得珍惜。

或許就是這份心情，讓這個平日心性沉默內斂的人，突然真情破表，要和同學們握握手，以表他內心深摯的懷念和感動。

只這麼兩秒鐘的剎那，豁然領會到他那份懇切和熱忱，讓我心裡也湧上了同理同情戚戚然的感受，在寒風吹襲之中，這份戚然猶如一股暖流，頓時溢滿心頭。

於是慨然伸手，和他的手緊緊相握了一下。希望能藉這指掌接觸

的短短瞬間，將這份相同的意念和情緒，清楚明白地傳遞給他。

之後，他的手卻依然伸得老長地懸在那裡，表情似笑非笑。

奇怪！不是已經跟你握過手了嗎？還把手伸得老長的幹什麼？

這時，我突然看見他左手上，攤著幾朵告別式時，每個人都貼在襟邊的粉紅色小紙花。啊，原來他是在回收那些紙花呢。我趕緊把小紙花摘下遞給他。

心裡不禁嘀咕，方才，還不知究竟算誰是在「真情破表」咧！

19

那天下午在星巴克

那天下午，和馬老大、張艾樺幾個老朋友，約在永春站邊上愛買百貨的星巴克喝咖啡聊天。

馬老大這稱呼，也不知起於何時，無源可考。雖然自小相識，但是真正聊天說地的機會還是最近的事。他小學時比我高兩屆，一來接觸機會本就不多，二來他一向眼睛炯炯有神，讓我們低班的同學都把他錯當雷神，嚇得不太敢接近。雖然日後知道，其實他在他自己班上皮事一籮筐，但是低屆的沒和他同教室，當然是敬懼成分佔上風的機會多得多。

這就讓我想到，為什麼很多名人之能夠功成名就，都非得遠離家鄉不可，如此才能營造出一種神秘和崇高的神秘形象。

反倒是近年前後屆一起的同學會相聚之後，才開始有了實質的交集。以往同學們對他可說只是一種盲目的崇拜；而實際接觸之後，了解增加，反倒變成了真正的欣賞。

他很多方面確實如同以往我們所認識的那樣，既專注又毅然；而今見識到他心思想法的廣闊和深刻，倒是很給人啟迪的作用。他後來在大學裡教授電子音樂，很受年輕學子歡迎。今天和他的一席談，也讓我如沐春風，庶幾可以體驗到他講課時，學生如何傾倒的感受。

之所以會談到他音樂方面的專長，是因為我的「薇閣時代」裡有一專篇寫他，而我對他所專究的「電子音樂」或說「電腦音樂」，可說一無所知。也很想藉此機會談談這個題目，讓那一專篇的內容更豐富一些也更切題一些。

他曾告訴我，他現下研究的可不是貝多芬哦，當時我還是聽得丈二和尚摸不著頭腦，談音樂可以讓貝多芬缺席？今天閒聊，特意要求他對這個題目多作解釋。

他說，就像一般人說到繪畫，肯定就離不開莫內、高更、畢卡索，而談音樂就一定是巴哈、莫札特和貝多芬。但是在他所研究的範圍裡，這些都已屬於古典再古典的代名詞。他們的作品雖然仍是一種典範，但都只歸類成初學者的打底工程，用以訓練最起碼最基礎的形式組合技能而已。言下之意，今天的音樂創作如果還是依循他們的格律和形式，就永遠走不出新意。

這情形就像中國古代的唐詩，發展到顛峰之後，自然就轉換成宋詞，到宋詞又登峰造極，就有元曲的出現。因為後人再也無法超越既有的形式，前面的文人已殫思竭慮，路已走到盡頭，後繼的文人只得轉個彎或另起爐灶。音樂和繪畫也是如此，繪畫後來出現了近似搞怪的普普藝術，也顛覆了傳統以來公認美的原則。但無可否認的是，之前的繪畫藝術從沒像普普如此這般貼近民間的

脈搏，這就是普普藝術能夠大紅大紫，深受歡迎的心理因素。

如今馬老大所走的音樂之路，有如現代藝術大師趙無極的抽象畫，沒有任何限制，不須遵行任何既成的規則，依恃的純粹是自己內在的意念。那可能是模仿自然界的聲音，也可能是拆解某種平常以為是定律的音階或節奏，也可以是自己想像的某種趣味。

舉例來說，一般上我們認為音符 1 與 2 之間，最多只可插進一個半音的 ＃ 1，但是在電子音樂，這兩個傳統的音階裡，甚至可以插入無數個音階，而不受固定觀念的束縛。

當然，任何的藝術創作，感情和聯想是永不缺席的。他說他在國外曾看到一條新聞，有次災難死了 5 千名兒童，他感覺很悲慟。於是以之為主題創作了一首電子音樂，間中特意從主音的兩側夾進兩股女聲，像是天下的母親，正在為這個災難痛哭傷心。而這些聲音，都是他用電子音效組合模擬而來。可以說，聲音都是虛幻的，只有他悲慟的情懷是真實的。

這和繪畫的情形相仿，創意可以無限，但是基礎卻忽視不得。如果不具任何作畫的寫實基礎，又何以表達內在抽象的意念？

而說到靈感的效應，那就猶如貝多芬那首「命運交響曲」那樣，

起始只是命運敲門的聲音。而一位創作者，是否能依著這一點點星火般的熒熒之光，將其前後左右的音節旋律整個鋪陳開來，時緩時疾，時而停頓，而且還深具美感？這些個後勁的表現和完成，都得靠平日孜孜不倦的打底工程。所以任何人膽敢於說自己不須任何憑藉，是一揮而就的天才，其實都是鬼話連篇。

若提到感覺與認知，平日我們的感覺是否完全正確？當我們說這個杯子好冰的時候，究竟冰冷的溫度是它本身真正的特質，還是我們自己的一種既個人又短暫的感覺而已？當我們發燒的時候會喊冷，那是氣溫變冷了呢，還是我們當時的感覺不同於平常？所以說，我們對這個世界上任何現象或物質的認知，都是隨著外在客觀條件在變化的。

最好也最中肯的方法，就是拓寬我們認知的領域，讓我們面對事象的時候，能夠從各種不同的角度和切入點去了解。或許我們就此可能掌握到事象真正的屬性，而不盲從眾說紛紜或是人云亦云了。

20

也來學唱歌

最近聽歌聽得入迷，只是和年輕時的意趣有很不小的距離。以往喜歡獨唱的，高亢的歌喉似是一種代言的聲音，迷惑於年少時的熱情。而今迷惑不再，心情理性抬頭，欣賞的重點轉趨於合唱的雋永與和諧。

正如一本書裡所說的，年輕時喜歡自己是大社會中特立獨行的離心份子或異議份子，有不群的思想和看法，勇於創造新的意象和發現新的角度。年紀大了比較會喜歡省時省力的和諧，與人群與社會的關係變密切了，你來我往的機率也多了，平和與快樂就遠勝於衝冠的怒氣。

似乎，正是那種「眾裡尋他千百度，驀回首，那人卻在燈火闌珊處」的恍然大悟。人生不一樣的階段，會有不一樣的體悟，一點不假。

昨晚聽齊豫的「橄欖樹」，歌喉真好。但是她在同一片磁碟裡的英文歌曲，和原唱者的比較，味道就差了一點。不是母語發音，無論如何無法掌握最自在的發聲技巧。談話可以，唱歌反而不容易。因為唱歌須明顯的換氣，而這個換氣的動作就考驗歌者能否掌握音準和餘韻的問題。

像那首風行於 60 － 70 年代浪蕩味十足的「Cotton Fields」，

相信即使英語會話再流利的人，也無法模仿出那種洒然出口的聲韻。也可能我接觸講英語的華人還不夠多也說不定。

這又讓我想起多年前在新加坡，跟新加坡名指揮家李豪老師學聲樂時的感喟。李老師學養豐富，但是觀念也相當保守，練唱時西方歌曲一律得唱原文。她說：那些作曲家們在創作時就已考慮到發聲的問題，所以唱原文，發聲最容易也最好聽。她所說的發聲，指的是聲樂的口型這方面的技巧和素養。這方面，她最推崇的首推義大利歌曲。

所以那首從小我就「胡亂」高歌的「散塔露琪亞」，在拿著義文歌詞時，只能顧到口型的正確與否，拿到德文的「菩提樹」時也只是依樣畫葫蘆。中規中矩之外，一點感情都放不進去，因為根本不知道所唱那一句的意涵是什麼。

我不贊同那種刻板的唱法，寧可唱李老師指定的中文歌曲，至少我知道我在唱些什麼，也知道我從歌曲音符的節奏中感受到了什麼。順帶的，我也知道我要表達的是什麼。

都說欣賞比較單純，旋律節奏、樂器音色的特質，只要肯靜心欣賞，一定能夠融入、能夠領略。但是要自己唱出聲來，而又能表達出歌曲的含意和精神，就未必那麼靈轉如意了。

當時也有不少人是因為參加了合唱團，不得不去練習聲樂。曾聽人說過，合唱團成員如果不加以訓練，這個人這樣唱，那個人那樣唱，那就慘了。當初聽了這種說法卻感覺奇怪也很不以為然。不就是張口唱歌嗎？哪有如此多的顧慮？待練了聲樂之後，才了解其中門道大有道理。

有人唱歌是直著喉嚨喊的，有人是捏著嗓子逼出聲音來的，單獨聽時都可以算是特點，眾聲合在一起的時候，那感覺就頗像是烏合之眾或是群鴉亂舞的味道了。

合唱要好聽，一定得有一致的諧和之美，而這個諧和就得有一致的發聲基礎才能獲得。然後加上高低聲部的不同，組成和聲的繁複，比之個人只能單音亮相，感受上渾厚得多，也兼有各種變化之美和趣味。

那一段學聲樂的經驗，倒是幫助我在欣賞時更容易領會歌喉聲韻之美。花那個時間和金錢，對喜愛音樂的人來說，顛來倒去的算都值得。

但是參加合唱團對我而言是不可能的任務，當時雖然李老師邀了幾次，我都藉題推託。因為我只唱我喜歡的歌，不喜歡的根本沒興致開口，十分自我，而合唱團要唱的歌可都得一致的。我喜歡

的一直只是聽合唱裡各個聲部之美。

我一向喜歡聽歌，人聲和樂器雖各有其美，但我偏好我們人類的歌聲更多一點。歌喉固然可以訓練，根底還是得靠天成。因此若能聽到一副清越嘹亮或低沉或沙啞的好歌喉，真是會有種感動莫名的欣喜。

下午和朋友在電話裡聊天，他說最近完成了幾首兒歌，興奮得很，知道我也興味頗濃，就在電話裡唱給我聽。彼此都十分開懷。

這位朋友得天獨厚，天生一副好歌喉，對樂器也很癡迷。他說中學時迷上了簫，每天吹的結果，是換來母親的埋怨。他乾脆破釜沈舟，把那支簫劈成兩半，決定再也不吹了。

進了大學之後，興致又起，就練起笛子來，吹得有聲有色。我曾有幸聽過他的吹奏，也聽過他的歌喉。他連辦公大樓裡哪一層樓梯間的回聲特好，都摸得一清二楚，可以想見平時玩樂器熱衷的程度。

很感慨這樣的人材竟然沒有進音樂系。直到今天，他對音樂的興趣依然濃厚，如果在兒歌的創作上持之以恆，說不定也能為我們

的兒歌系列增添更多美好的選項。

目前他的職業，或許你願意知道？他是很有名氣的雕塑家哦。

不只一次發現，音樂和美術，在許多人的心靈深處，竟然都是二而為一的十足相通。應該說，美的感動和感受，是不分家也無所謂軒輊的吧。

以前學過一段時間的電子琴，回台之後沒再繼續。有時難免也會手癢癢的，似乎滿懷念那份彈奏的樂趣。朋友立即說：「建議你學大提琴，你的形象和大提琴很契合」。我笑說：「你腦海裡已經有個大提琴和我合作的圖像了是吧？」

說不定哪天就真的去玩玩大提琴，那音色也是相當迷人的。也可能其實是迷於那份形象的塑成？究竟是在說繪畫、雕塑還是音樂？看來早已是一家親了。

聽到朋友新寫的兒歌，一時興至，就和你聊聊聽歌的樂趣，兼及對器樂的憧憬。願你也時時在樂聲迴旋的幸福之中，心平氣和、逍遙又自得其樂。(這段好像在考「樂」字的各種注音 — 破音字)

21

一杯黑巧克力之外

前段時間，不論都會也好、鄉鎮也好，女性都流行多層次的著衣風潮。外套下面露出遠長過它的上衣，有時一件、有時兩件；也有裙子下面再搭長褲，寬窄隨意，端看個人一時興起的程度如何。有意讓服裝在人體上疊落的層次，越加的分明有致。

偶爾可以看到已有相當年紀的人，也仿效那種多層次的著衣方式，好像有意挑戰社會傳統的規則。一直以來，有了點年歲，穿著總以雅致莊重才被人稱道，也自認為得體，卻難免不被年輕世代奉上「老氣橫秋」的頌詞。追趕時髦流行的那股勁，隨著風波盪漾的青春遠逸而靜定下來，可能才是一般人自覺心安理得的心態？然而時代精神已今非昔比，早跳出了一個炫人耳目的距離之外，當然你可以遠距離旁觀欣賞，也可以歡快地融入其中一起玩這種搭配的遊戲。

自己的青春已然飛到九霄雲外，幸而宇宙間永遠不缺繼起的青春生命和容顏，還是處處美景，時時洋溢著無邊活力。每隔一段時間，服裝的流行樣式總得變上一變，在業者是為了銷售的成果佳績，一般人變化穿著則多為心情上的時髦快樂。

今天坐在咖啡廳的大落地窗前，看見遠遠走來一個全身黑色勁裝的中年女性，50 開外快 60 了吧，卻似海軍上將般全身披掛滿滿，亮閃閃的給人目不暇給的熱鬧印象，多少類似巨星麥可傑克

森當年最紅最當道時的勁帥裝扮。儘管驚歎的眼光由四面八方投注連連，但看她那步履那神態，卻滿是自信自在和怡然自得，很具大無畏的氣勢。

不由得想，或許她就是那種具備大無畏個性、自我感覺良好、又自認為不老或拒絕老去的人，甚或是一個敢愛敢恨又敢於秀自己的人。這樣的類型，多數時候本性也相當坦誠熱情，人們何必只因她一身與社會潛規則不一樣的穿著而過於另眼看待？

君不見如今服裝秀的伸展台上，也出現特大號豐腴模特兒在展現風采，未必僅限於骨瘦嶙峋的病態美人會走貓步。這些豐腴高大的也是人啊，難道都硬得被標準的 8 號衣服把她們擠死綁死？電影裡胖美眉歌喉讚之外，面貌五官精雕細琢，也沒輸給哪個細如竹竿的典型，電影一部接一部拍、旅遊節目也常擔任特別來賓，照樣紅到無處不在。

正在品嚐一杯黑巧克力，不甜也不算苦，但是細抿之下，那股濃郁綿密的口感沁入味蕾，卻遠勝一般尚甜又外加榛果、松露、核桃的名目繁多。換副心情，擺開平日裡幾乎被綁死的既定觀感，人生的選項果然就豐富多樣起來，還真不必刻板地獨沽一味。

22

台北的咖啡館與茶館

躋身台北,喝咖啡是順應潮流的事,不管你是不是真的那麼喜歡。而喝茶,一向是文人雅士自許風流的癖好。何況一杯茶夏天解暑,冬天暖手暖心,又可以加水續杯,就更遠勝於咖啡了。

講到咖啡館、咖啡屋,真是五花八門。名牌連鎖店最受年輕族群歡迎,星巴克、西雅圖、丹堤,簡直張眼閉眼都看得到。

茶雖為國粹,專精一味的茶館興起反而晚些。走的路線必須有別於西式格局,中式的門面與傢俱,以及小橋流水的庭園造景,竟然都相當普遍。

這些姑且不談,單說那些未必是國際連鎖,而名氣既旺且生意興隆的,就足以讓人眼花撩亂。

也不談紫藤蘆,那似乎是龍應台的專屬,挪威森林則是陳文茜的地盤,永康街不論什麼餐、飲,都算是韓良露的專利,她對那裡的大小店家似乎都熟悉到可以排隊來點名。

除了這些以外,或許還有很多是人人早就知道的,也可能只聞其名而尚未曾親臨造訪的,名氣也都各不相讓,分店甚至已開到上海、重慶的大街小巷。

偶爾走在街上，遠遠瞥見某個名牌連鎖，走近才發現只是用了雷同的商標圖形，根本就風馬牛兩不相及。這種魚目混珠的店，打死我也決不跨進它大門一步。什麼時代了？台灣好些電子業都排名世界第一第二，居然開家咖啡店還要偷別人的招牌，未免太看不起自己。

如果喜歡郊外，關渡台北藝術大學的校園裡，有間達文士咖啡，視野最廣，可以俯覽整片關渡平原，平疇綠野，阡陌縱橫。置身其間，果然心平氣和。遠山連綿的前方，東區的 101 大樓像個小小的竹筍尖似的遠遠在望。

達文士旁邊有間小巧玲瓏的書房，各種與藝術相關的圖書大約都有。又可以順便逛逛藝大校園，欣賞培育明日台灣藝術巨匠的搖籃，希望滿滿。

天母高島屋百貨公司二樓，有一間英國茶館，多年來都以綠與白二色為其裝潢主調，十分爽目。面積雖不大，空間的配置倒很適得其所。它的優勢在於它整片的窗景，把樓外景致一覽無遺，遠景有蒼翠的大屯山，閒閒的獨坐或與朋友意見交流，都心曠神怡。

都會區裡的，像武昌街的明星咖啡館，純屬懷舊，如果哪天不期

然遇上了你心儀的文學大師，那可真是三生有幸。

中山堂二樓曾有個堡壘咖啡廳，特點也可以說是著重在懷舊。怎麼說呢？這是個以往老蔣時代每年節慶時宣讀文告的陽台，印象裡它一向威風凜凜，氣勢十足。而今我們平民百姓可以悠然地在那裡喝茶聊天，甚至站到陽台邊上俯瞰那片廣場，想像當年那種聚會時的情景，不也是一種緬懷嗎？

它開幕不久，曾推出一個「古典文學講座」，由台灣讀書最多的南方朔先生主講，每週一次，十分引人入勝，活動連續了差不多兩個月之久。既達到宣傳召來的目的，又讓聽講群眾在文學上的知識獲益多多，至今引為美談。

國父紀念館對街的巷子裡，有一家德國茶館。沒進入之前，以它洋派的門庭來看，你一定認定它賣的是咖啡。它內部的裝潢相當雅淨，沒有賣弄豪華卻自然散發出一股貴氣，壁櫥上展覽的名瓷，都是超過 250 年老店燒出來的精品。牆上三兩幅油畫點綴其間，色調與主題也切合整體氣氛，不致喧賓奪主。

它的茶具一律素白，反倒更顯出茶水的顏色。一片素樸之中，茶本身才是它的花巧所在。而且獨尊一味，不賣咖啡。因之茶的品目很多很特別，甚至有加入槐樹香味的，培養你的味蕾跳出花

香、果香的侷限，進入一個更壯闊、更中性的格調。

台灣很有一些人十分推崇德國文化與德國人的教養。在黃崑巖先生的著作「談教養」中，即不止一次對此著墨。書本賣相甚佳，可以揣度其教養的深厚才是最可能的致命吸引力。當然，未必德國人都有教養，也未必每個有教養又風度翩翩的，都非得混有德國血統不可。

然而無可否認，只以德國這兩個字命名，就能引起無限遐想：哥德、康德、貝多芬，不是智者就是大名鼎鼎的藝術才人，只是千萬別沾上那個蓄有八字鬍的就好。

位於南京東路上的玫瑰夫人，剛開幕時就曾去領略了一番。聽說僅僅裝潢就投下 5 千萬台幣，刻意走豪華路線。內部金碧輝煌是理所當然的了，天花板上古典歐風的壁畫，更增氣氛。它的杯盤都是名家設計的高檔貨，彩色斑斕。聰明的店東把每件瓷器放在櫥窗裡展覽，順便標示單價，提醒你每個杯碟，握在手裡的份量都不能等閒視之。

想當然不少人確實為之目眩神迷，觀光客最喜歡報到，不論來自國外、台灣南部、或是台北本地。其實只要是心懷見識見識的，不就是觀光一族嗎？哪天你若到上海，倒不妨真做個觀光客，去

那裡的玫瑰夫人分店觀觀光。

可惜它側面長窗外的景觀不過是一條陋巷，與內裡的裝潢氣氛一點都不登對。如果那裡有一小片空地，大可效法之前威斯汀六福皇宮一樓的咖啡座，弄一方水池，後面種一排高樹，則樹牆外管它什麼雜七雜八的景物都能屏擋於視線之外了。

還有一家很紅的古典玫瑰園，連鎖店不少。我之所以欣賞它，既無關裝潢，也不是茶點咖啡，而是它經營的理念與熱忱。還有就是它是純粹台灣人自創的品牌。

據說創辦人本身特別喜愛玫瑰，畫了不少以玫瑰為題材的油畫，然後又創立這家以玫瑰為主題的咖啡館，每一間分店的門廳一定擺設一大捧紅玫瑰。玫瑰或有供不應求的情形，於是他乾脆自己種玫瑰，以供應每家連鎖分店的需求，自給自足，連成一條完整的供應鏈。

之後他又將自己的玫瑰畫作印製成各式迷你卡片、糖包，美侖美奐，成為顧客珍視的收集紀念品。他也將自己的畫作燒在瓷盤瓷杯等茶具上，且入選為英國皇家御用瓷器之一。而他有一張畫更被選上作為某銀行白金卡的畫面。

林林總總都是玫瑰，可見這人真是愛玫瑰成癡。而他能以一己的所好，賺了錢、贏了名聲，是他的聰明也是他的幸運。我欣賞的卻是他那份專注的精神。每個人喜歡的畫風容或有異，但是他的行事風格相信會獲得一致的掌聲。

台北的大環境雜沓紛擾，建築群的各投己好，不顧整體規劃，往好的方面想，可以培養台灣人適者生存的本領；往另一方面看，首當其衝的大約是造成眼力的疲勞。現代生活不該出現的髒與亂，常會讓雙眼應接不暇。

身在茶館或咖啡館裡，遊目所及，必是刻意營造的爽利與雅致。人們所以肯去消費，豈當真就在意那壺茶水、咖啡再加上那碟點心？貼切地說，該是在那種場景與氛圍之中，滿足自我虛幻的逸想，游走於實際存在或不存在的時空裡，縱容自己度過一段自許為或浪漫或前衛或詩情滿滿的一小截時光而已。

都市人 ─ 尤其是身處烏煙瘴氣的都市 ─ 是否時不時需要一點似此潤滑的假象？其實，這些都是題外話，可有可無。零零雜雜寫來，此時我最想要的是，該去喝杯茶，還是去喝杯咖啡？

23

尋找孤獨的機會

身為 21 世紀的都會人，最不缺的是喧囂，而最渴望卻最難得的，
大約就是自我的獨處。

尤其台北人口密度之高，公寓房屋之擁擠，街頭行人之摩肩擦
踵，生活的品質雖各人不同，但是疲累又身不由己，卻不由分說
是共同的災難。

於是，一個人坐在電影院的卡座裡，也讓我享受到難得的獨處機
會。周圍雖然也散落著一些互不相識的觀眾，拜燈光闃暗之賜，
可以視之為不存在之實體。因此自我心情上，是獨自一人而已。

在這樣的環境與氛圍裡，任何現實中的瑣事雜事都可以被暫時停
格、丟開，讓自己的情緒沉澱于影片的另一個時空與故事的發展
之中。

看「企鵝寶貝」，自我即轉化為一隻企鵝，或轉化成空中飛翔的
蒼鷹。俯瞰南極冰天凍地的雪景，乍看起來很假，冰原上出現的
冰雪總是呈一大片或一大塊的突起、峭立，形狀有稜有角，有些
又圓潤一如拋光打磨過的。有的潔白、有的透亮、有的看起來鬆
軟如棉花，不一而足。而那種空曠與冰冷，既是視覺的，也是心
情的，有如親身經歷的實境。

如果欣賞的是一齣古裝歷史片，身心暫時進駐嚮往已久的古代文明之都，體會當時當地人物精神與生活的領域。在「王者天下」（Kingdom of Heaven）裡，中東古戰場上的各種詭譎計倆，以及它背景城市耶路撒冷當年繁華神祕的特色，讓我似乎已置身其中，參與了他們的喜怒與哀愁。於是歷史的縱深，讓心情轉換，心境拓寬，跳出了一時一地的侷促及現實生活裡莫須有的感喟。

當然也可能一面看電影，一面冷靜客觀地品評其拍攝的手法，以及劇情的發展。不過到了這個地步，竟然讓觀眾那麼理性地跳出劇情而回到現實，這部片子的編導多半已不是頂尖的了。

「遺世獨立」，這種看電影時逃離現實生活的感受，大約只有在飛行途中的轉機時段，情況與之最為近似。轉機是長途飛行額外的空檔行程，轉機所須等待的時間越長，心靈沉澱的機會反倒可能越大。

遠在千里之外的陌生之地，遇見熟人的機率幾乎是零。於是眼見機場的人來人往，卻有如只是見到具備人形的花草樹木一般，只具妝點機場寬廣空間的作用而已。想起倪匡曾經風行一時的科幻小說：有一種人類是由植物變成的，不過每隔一段時日，他們必須進行光合作用，這時他們就得恢復原形，變回成植物。那種混淆視聽的情形，跟此時此刻的情境，還真有不少吻合的

想像空間。

在機場的轉機大廳裡，凡事可以超然地只作壁上觀，沒有必須參予的壓力。一切莫須有的寒暄、應酬都免了。平日生活中許多不得不的無奈，全都可以拋到九霄雲外。那份了無牽掛的清閒，真是對極了我的胃口。

所以我搭長途飛機時，會刻意安排上一段長長的轉機等待的時間，讓自己突然跳出地心引力般的人際網絡，暫時呈現沒有重量的超輕鬆狀態。去年隻身在舊金山機場，來回都因轉機而停留好幾個小時。當時的情形，在不少人的眼裡，可能認為既漫長又無聊，然而在我自己感覺，則是一段極為珍貴愜意的獨處時光。甚至我可以忘了我是誰，忘了已過的，忘了未來的。總之，我可以處在一種真空狀態，那份輕鬆、那份毫無心理負擔的悠閒，讓我回味至今，且又企盼再一次體驗的美好時刻。

俗話說「前不巴村，後不著店」，似乎在形容荒郊野外，了無人煙的寂寞。但是在轉機的這種環境，反倒像是處在人生樂章裡的休止符，讓生命樂章裡所有的管樂弦樂喇叭手，來個全面的休憩喘息。心中的一切鬱結，就此在孤獨的寧謐中慢慢地咀嚼，淡淡地化解；繼而，一種新鮮的生氣代之而生。如此，當我再飛回必須的現實生活時，就又有了不盡的生機與活力。

飛行雖不是一般經常的活動，看場電影的機會則十分等閒。能單獨一個人坐在電影院裡漆黑與安靜所營造的孤獨氛圍之中，體會一下蒼鷹似的超越，也可算是心理衛生上，時不時必須的一種調適與養護吧。

你是否也冀望長命百歲

周伯伯 100 歲生日，他的兒女和孫兒女都特意從美國趕回來。
壽宴設在國賓飯店，眾兒孫濟濟一堂，老朋友也都出席了。場面
華麗風光，人物衣香鬢影的也全都標致漂亮，應該是個歡樂又圓
滿的生日宴席。

周伯伯是我大學時好朋友的父親，對我特別好，一直要收我做乾
女兒，我雖然沒有答應這件事，感念他的疼愛與心意，這麼多年
來，總不時在他家進出探望。在我這個似是身在其中、同時也是
身在其外的人來看，感覺上周伯伯的生活倒未必就如表面的那般
風光。

周伯伯生活上什麼都不缺，年輕時更是事業愛情兩得意，東奔
西跑忙的十分得其所哉。但是自從 90 上下膝腿不便於行之後，
好像就在生活中漸處於劣勢。老妻過世，加上他多年同居的女
朋友不肯和他有婚姻協定，還左右施計要他搬回自己的房子居
住，此後他就連心態都未必如稍早那些年的輕快自在了。之前
的他過的可是縱馬輕裘、左右逢源的快意日子，而最後這段人
生歲月，似乎就有點有志難伸的味道。究其根本原因，都在於
膝腿的不便上。

在周伯伯身上，人生所有的風光得意可說面面俱到。唯獨他一生
從來沒什麼對形而上的追求，那些太虛無飄渺了，本能與現實物

質的滿足與熱鬧才是他的所愛。一個人年紀老了，如果可以安步當車，至少他可以外出探探老友，搓幾圈衛生麻將，聊聊當年的得意和神勇，再加上做做股票消磨時光，生活也可以算得上怡然自得。

然而早衰的膝腿把他困在那麼一方室內，連站起來幾乎都無法自己用上力氣，外出只得靠印傭幫他推輪椅。有些老人可以使用電動輪椅，像駕車似的自己跑，一樣可以得其所哉。但是周伯伯雖然當年打起網球來橫衝直撞的活力無邊，對開車這種快速度的活動倒是一向有種莫名所以的恐懼感，對游泳也是，因而這兩樣活動他都從缺。自駕電動輪椅對他來說，竟是一種不可能的任務，也就更限制了他老來的活動範圍。

如果在他年輕的時候，曾經培養出一份靜態的嗜好，譬如看書、譬如繪畫、譬如聆聽音樂，甚至集郵之類的，是不是到了行動不便之後，仍然可以維持心情上的愉悅和活力？而不至於感到生活空洞無聊？晚年，誰說就得活得像截木頭一樣乏味呢？

可是在周伯伯一生當中，從來也沒有機會接觸什麼是性靈之美、什麼是形而上的藝術，全是順著動物的天性本能而為。在年輕力壯時，除了自鳴得意之外，更不知賺得多少人的艷羨！然而在年老行動不便之後，生活就整個變了調，他可能還真不習慣、真難

以適應呢。往年儀態出眾自命瀟洒，如今卻經常沒警覺自己老張著嘴的表情，十足老人樣了。

在百歲壽宴之後的這些日子，我看周伯伯的表現，好像他心裡什麼都明白，如今他的生活以及他的喜好，全都掌控在兒女手中，他只有聽的份而沒有做決斷的份。連小做股票這一點點興趣，也因兒女的強烈勸阻，只好全部賣掉。因為他們擔心他年紀大了，容易受騙，而實際上，他還賺了不少咧。自此之後，生活中僅有的一點點挑戰和不時的興奮之情，也與他絕緣。

在他家敞亮的客廳裡，兒孫一大群人嘻嘻哈哈的，就他一個人呆坐在最顯眼的主人席，卻像個局外人似的什麼都不搭不理。可能他聽力不好，無從參與他們的談話？可他配有助聽器啊，只要戴上，多半都可幫助他聽見別人在聊些什麼。不過他總拒絕戴那玩意兒，好像根本不想聽也不想參與眾人的哈啦。

其他的人也不太理睬他的無聲無息，是不是獨自一個人在那裡發愣發呆。偶爾想起有這麼個老人存在，就轉過頭來逗弄他一下，簡直像在逗弄寵物似的。當然更不會費心去揣測這樣一個安靜無聲的老人，內心究竟是不是還有什麼說不出口的嚮往在蠢蠢欲動？可憐他一生人春風得意，到老竟如同一個不能自主的傀儡。

我猜想，他們內心可能都已經不是很在意了，這麼老了，就算走了也不是什麼意料之外的事。而他自己，是希望早點結束這一趟人生之旅？還是冀盼盡可能活得更長更久？我無法判斷。但是以我所看到的這些點點滴滴，卻讓我對老年歲月的那份無力感相當同情。固然人人都期望長命百歲，但身體不夠健康，生活上沒有自主行動的能力，無論請多少個幫傭在旁邊服侍，也未必能夠享有生活的樂趣。

每個人的生命長短不一，如果冀望長壽，應該是希望自己能以餘年做一些心目中喜歡，而年輕時沒有時間做的事或想完成的工作或願景。而不是只圖一個無聲無息的「活著」而已。你認為呢？

25

法蘭西風情

愛看閒書是我無可救藥的毛病之一，最近又讀了好幾本和法國風俗民情相關的，有些題目嚴肅一些，有些則猶如哈啦閒聊。總之對法國，尤其巴黎，我似有份前世今生的迷戀，所以不論什麼題材，順手拉來都百看不厭。而一談到法蘭西，多半時候總是巴黎獨佔鰲頭。

一提到法國，美學藝術、文學方面的卓越成就，固然有目共睹，幾幾乎成為個人修為上的衡量指標之一。即使法國美食，在當今之世，也越來越有流行之勢。如果你去逛台北的微風廣場，一進門就是法式點心「馬卡龍」的專櫃，裝點得搶眼之極。不過就是法國人喜歡的一種小點心，竟會在黃金地段的百貨公司如此風光？

而多少電影都以法式餐點為題材來發揮，幾乎要到百拍不厭的地步。

法國的美食文化，已於 2010 年被聯合國訂為「非物質文化遺產」之列，可見法國美食的偏好，不可能只屬於小眾。在法國本土，即使只是家庭聚會的餐桌上，也可以搬上一道一道精心烹調的菜式，一道又一道撤換不停的盤碟，絕不嫌麻煩。他們的美食文化並不僅限於舌尖上的感受和講究，主要還在於那份賓主盡歡的氣氛，吃食和言談一樣重要。法國的葡萄酒也舉世聞名，他們什麼

時候都喜歡配酒佐餐，但從不爛醉，只求微醺。

而不論什麼吃食，他們都喜歡精緻又小巧玲瓏，一小杯咖啡配一小塊餅乾或巧克力，馬卡龍也不過手掌心大小，入口即化。然而就是這麼一些看來微不足道的小名目，似乎就足以點醒他們整個下午的活力。可不像我們台灣人喜歡俗擱大碗的那種豪氣，吃到飽的餐廳最受一般年輕人歡迎。根源可能就出在水滸一○八好漢所標榜的大塊吃肉大碗喝酒？

當然我們精緻的美食絕對不少，我只是在挑極端的亮相而已。

難怪在巴黎，我沒看到半個胖子，入眼的法國男女，都極其纖細，個頭未必很高。就算在電影演員裡，你會發現，很多美貌的女演員其實和我們東方人滿有點近似，未必就一定濃眉隆鼻。而男性，也多半具有纖細斯文的外表。

我在巴黎餐廳裡點餐時，不但驚訝於價格的昂貴，一盤加雞肉或火腿肉的沙拉，換算成台幣差不多是 900 多元。不免暗自想像，難怪那些 waiters 都那麼苗條，食物太貴了只好少吃點？這純粹是一時興起打趣的想法。但是法國男人儘管浪漫指數舉世無雙，好像真的不太會打仗。否則歷史上 10 年的英法戰爭，最後還得出來個聖女貞德才解決得了法軍瀕危的困境？當然這也純屬臆測

之詞,我們關著門自己開開玩笑,如果面對個法國佬,我可不會自惹誇誇其談的麻煩。

1970 年代法國紅極一時的英俊小生亞蘭德倫,俊美雅致,可說是法國男性的典型。英國標榜紳士風,當今的柯林佛斯、休葛蘭都可算上,而老牌的大衛尼文最是代表。美國可能因為開疆拓土的歷史尚未走遠,最欣賞高大威猛的型男,什麼蝙蝠俠、超人、美國隊長皆是。不練出幾塊肌和人魚線,在影壇大約就站不住腳。

我們近代史裡,也出現過不少花美男,面如敷粉、唇若塗丹,而行動的輕盈曼妙也不輸女兒身,是好是壞姑且不說,反正每個人喜歡的類型不會一樣。但是清末時期,打不過別人的侵略可是不容置辯的事實吧?三國時代的周瑜也是美男子一個,可是他文武雙全,羽扇綸巾之外,掄槍舞刀也是一流人才,更何況運籌帷幄,就更是將將之才了。

書本的字裡行間,不乏談到法國人對情愛的態度,可以曖昧不明、模稜兩可,但卻廣被包容。他們對於黑白分明的二元論興趣不濃,最最偏愛神秘氣氛。談戀愛的對象,不是一味追求完美的美眉,自信滿滿又有自己獨特品味的才算出眾。可能巴黎的美女多不勝數,得來幾個出其不意的才攫得住別人的眼睛。

國務大臣裡偏好同性戀的、未婚懷孕的，都不至影響他們的政治前途。他們簡單的一個思想邏輯就是：這是我個人的事，與你什麼相關？

想當年法蘭西古宮廷裡上自皇帝，下至各層貴族大臣，誰不是忙碌著情婦情夫的事？所以至今民間對此也習以為常，對別人這種純個人的事都不太過問。萬一見人眼神飄忽，即使心有所悟，也沒人大驚小怪。

而我們中國儘管古代的帝王後宮佳麗三千，民間也是有錢就難免三妻四妾，但總愛對這種事饒舌，好像只要主角是別人，就可以說三道四。和法國的風氣相比，還真是缺少了那份全民平等的精神。難道說是只許州官放火而不許百姓點燈？

曾見友人傳來一個法國女性裝扮的檔案，全都是 80 以上甚至百歲的老女人，可那裝扮之有型之典雅，還真有不盡的韻味。儘管你明知她們年華已老，卻決不放棄把自己裝扮得美美的權利。

在我們東方，一向敬老尊賢，最欣賞脂粉不施的自然老態，服飾方面，當然就得能夠顯老的古董裝扮最好。百貨公司還有專櫃賣「媽媽裝」，那種類型的衣服，任何女人穿上，不瞬間老上個 5 到 10 歲才怪。如果有人膽敢像那些巴黎老女人般，把自己打扮

得入時有味，保證招來滿街不以為然的關切眼光。

可能有人認為，既然法蘭西，尤其是巴黎，是世界上的時尚之都，那裡人的裝束一定花枝招展，就像隨時都是春天百花盛開一樣炫麗搶眼。實際上，確實不乏穿得極時髦極亮眼的身形，搖曳生姿地為巴黎的街頭添加色彩。然而依法國真正的風情底蘊來看，黑色才是她們永不退位的流行。

這當然要歸功於可可。香奈兒當年慧眼獨具的大力提倡，而巴黎女性也深深體會到了黑色醇美的真髓。一身黑色的洋裝或小禮服，之外聰明地搭上一兩樣亮眼的配件，豔光四射的包包，精巧的鞋或長靴，就可以發揮自己獨一無二的魅力。尤其到了冬季，行走在巴黎街頭，就像在黑色的海浪裡泅泳一樣，入目全是黑色衣裝。還真是誇張的形容，對吧？

法國女人的魅力，未必在於她們的國色天香，多半應歸功於她們的自信。只要自己相信你是美好出眾的，自然會在舉手投足之間，表現出那份自然自得的俐落，進而就更加顯得百媚千嬌了。

而不論他們怎麼穿著，在不同年代建築物背景的陪襯之中，巴黎的行人都有那份自覺，任何人都不過是「歷史洪流裡的一個過客」，「因此一切可以輕鬆以待，可以既輕巧複雜又可以自由自

在。人的一生，都如同歷史上的一個舞台。」而這個舞台和走秀
的角色，隨時可以遞換更改。

是不是，你也服了法蘭西男男女女這種洒然不羈的生活心態？

26

光陰的腳步

英國茶館老友敘舊

高中同班的同學自 Las Vegas 回來，她娘家住在淡水，我們就折中路程，訂在天母高島屋二樓的英國茶館見面敘敘。

這家茶館以前常去，整體以白色和綠色為主調，佈置得相當雅致潔淨。這次可就不同了，可能聖誕節將近，加了閃亮的聖誕樹，壁櫃上多了好些瓷杯瓷碟，角落裡還擺放些英式傢俱，很給人英國家居祥和寧靜的溫馨氣氛。

老友相見，談的當然多是往事，整個心態都恢復到青春年代。這位同學是班上的歌后，尤其那首「Dear John」唱得磁性十足，比唱片裡的原唱還好聽。每回同樂會都要她唱歌，而這首歌被點唱的機率幾乎在 95% 以上。

談話間，唸著當年哪位老師如何如何，哪位同學活寶表現和近況等等趣事。我們這班同學皮得很（不是說頑皮也可以代表智商？），經常讓任課的男老師一個頭變好幾個大。記得數學老師的口頭禪是：「把你們都丟到大海裡！」惹來全班更多笑聲和惡作劇，因為他這個說法根本不可能成立，誰會在乎啊？他曾經大發議論，說沒來之前聽說一女中的學生又聰明又用功，來了實際一看才知道，原來有這麼多笨蛋，數學一竅不通。當然他是笑著說的，才不至於鬧出什麼革命或風潮。

我最討厭數學和理科，曾經在月考時寫好班級姓名就交卷，監考老師一看說：你怎麼沒寫答案啊？我回說：我不會啊！

又怎樣？我還英雄氣慨十足咧！當時就是耍個性，也就是今天年輕人說的：好酷！自我感覺良好。但是耍個性對自己可沒什麼實質的好處，記得高一時我對教三角的老師就是莫名其妙地不對眼，所以從來就不抬頭看黑板。等到有一天聽全班同學唱歌似地同聲唸唸有詞，引得我抬起頭一看，OMG！黑板上密密麻麻的都寫些什麼外星文啊？這下數學一科真的掉入地獄，永世不得翻身了。

高二高三的數學老師又三天一大考兩天一小考的沒完沒了，讓我這個不喜歡也不懂數學的人飽受壓力。他所說的話我只聽得懂一句：「把你們通通丟到大海裡」。有一天又要測驗，乾脆溜課，把書包收拾好，塞進書桌裡，假裝此人今天缺席。然後就跑到圖書館去翻雜誌，瀏覽各種圖片和大張的風景照片，真是何其快哉悠然？

豈料數學老師硬是不信邪地翻開我書桌來看，這下西洋鏡拆穿。他倒也不發脾氣，一狀告到我們班導那裡。我們對教課的老師難免鬼靈精怪，怪招頻出，但對女老師就比較沒折，尤其我們班導，她一向溫和端莊，從沒罵過同學一言半語，可我們就偏偏怕

她一個。

結果班導為這事讓同學通知我去她辦公室,臨行前全班對我行注目禮,那意思就是:這下你慘了。可導師見了我沒訓沒罵,還當著其他所有老師的面,大誇我的文科成績好。然後才對我說:你不喜歡數學,可是聯考也得考數學啊!等你考上大學之後就不會有數學課了,目前還是要認真點才好。

一女中的老師,除了幾位教官之外,幾乎沒有哪位老師訓人罵人的,也從來沒有一句「要努力」之類的叮嚀,同學們好像天生就知道要用功,真是怪事。而老師們不罵不訓,只有鼓勵,效果卻比責罵好上一千一萬倍。

這應該算是一種心理教育,你肯接受的話語對你才能發生效益,否則皮鞭抽下來也是白搭。後來我自己也從事教育工作,對學生一樣很少責罵,我想當年班導的那一席話真的讓我受益匪淺、領會良深。

下面附上幾年前校友會時寫的一篇憶舊,現在看故事一般,也沒有什麼悔過的意思,一聊起來還興味十足。當然也談不上什麼得意,實質上就是看見了歲月的腳步,對過往無憂青春的一份緬懷。哈哈!歡迎你一道來說說笑笑。

遙遠的青春，不老的情懷；高中畢業 50 年同學會的回憶

50 年，也就是半個世紀。在這個當口舉辦同學會，感慨和回想連連。

還在學校的那些日子，誰敢想像 50 年究竟有多長？那幾乎和光年的感覺很近似了吧。而今感到它真的很長嗎？好像也不過瞬間的事而已。

時間於人，沒有絕對的標準，你感覺它長就長，你感覺它短，50 年也不過眨眨眼就過。回想當年在學校的趣事，同學們的音貌身形，都仍清晰得像昨天才見到一樣。

一年級的教室在敬學堂，二年級的至善樓，三年級的光復樓。

畢業將屆，同學都想辦法跑上光復樓頂，以總統府為背景來拍照留念。也不枉我們整整高中 3 年，天天從它前面走過來又走過去的勤奮光陰。內心更有一層對未來的期許吧？校歌裡「齊家治國，一肩雙挑」的那份壯志凌霄。

同學之間，趣事幾籮筐都說不盡，即使教課的老師們，也留給我們不少回憶的好資料。

且說說我們班前後的三位英文老師，他們教學都認真負責，很得我們敬重。然而在北一女，敬重的涵義絕不止限於規規矩矩聽課考試那麼簡單而已。有許多老師和同學之間的互動，未必就只那麼「之乎者也」的，可能是一般學校少見的另類風景。然而並不表示學生對老師不敬，有時反倒是越受歡迎的老師，和學生之間的互動，就越讓不知究理的人有荒腔走板的驚愕。

北一女的學生，用功起來，猶如發動火力的超速火車；而精力和鬼靈精怪沒被課業消耗殆盡之餘，就成為課堂上或下課後的搞笑動力。這三位頗受我們歡迎與愛戴的英文老師，教學期間與我們學生的互動，如今回想起來，仍然會心莞爾，是不滅的青春印記。

高一我們有家事課，每次連著 3 小時，烹煮縫紉，兼而有之。上學期是學做各式點心和自製冰淇淋；下學期就是縫製衣服，襯衫洋裝短裙全包。都各在個別的家事教室上課。

上學期的烹煮課程，最開始的熱身習作是油炸「開口笑」，下課時每組的成員都可以分到一大捧，一時當然吃不完，得拿回我們自己的教室慢慢消化。緊接下來的一堂就是英文課。

一年級教我們英文的是一位瘦高個子的老師，他在台上講課，有

同學忍不住書桌抽屜裡，那股「開口笑」奶油和芝麻的香味直沖鼻腔，就低頭偷吃一口，老師看到了不太高興。但是同學的反應靈敏神速，一看到老師面有不豫之色，立刻把「開口笑」舉得高高的說：「老師，請您吃一個。」

老師本來想發作的怒氣，這時竟被逗得笑了起來。一場可能的「災難」就此化解於無形。

有一回，這位老師拿一題英文考問班上一位同學，她答不出來。老師滿有點牢騷地說：「你們北一女的學生，怎麼會連這個問題都答不上來？」被問的那位同學臉色通紅不說，幾乎當場淚崩。這下可引起了全班同學的同情和義憤，都說：「老師，您講話怎麼可以這麼傷人，一點不顧別人的自尊。」結果反倒是老師訕訕然接不上話來。

等到下學期，那位同學就不見蹤影。原來她是從緬甸回來就讀的僑生，大概轉到別的學校去了。

可見，北一女即使課業方面兢兢業業，競爭也相當激烈，但是同學之間的義氣還是相當濃厚，該仗義執言的時候可就一點也不含糊。

二年級，教我們的是一位很很很年輕的男老師，可能大學才畢業
沒多久吧，個子長得更是「小巧玲瓏」。為了趕進度，他經常利
用午休的時間來班上英文測驗，讓我們連吃個午飯都不得輕鬆。
這樣侵占午休時間的次數多了，反彈自然就來。

有一天他又通知我們午餐之後要測驗。班上同學就把教室的前後
門都從裡面反鎖上，等老師來時，怎麼都開不了門。他到走廊窗
邊叫同學把門打開，得到的回應是：「老師，只要您從窗子跳進
來，您測驗什麼都行。」

堂堂老師怎麼可能以跳窗戶這個捷徑進教室？想當然，那天的
測驗是沒考成。接下來，理所當然就是 —— 全班挨了班導一頓
好訓。

可是自此之後，也就再沒有午休時間測驗英文這回事了。

三年級，是一位戴深度近視眼鏡的老師，他和一、二年級的英文
老師一樣，教學十分認真。每回他笑的時候，卻總愛把手上那本
英文課本擋著半張臉。大男人如此動作，讓我們相當不解也有點
好奇。我們的班寶李貴蓉是個 600 度的大近視，坐在教室的最前
面兩排，在她戴好近視眼鏡，目不轉睛的注視觀察和研究之下，
終於看出了端倪。

原來這位老師的牙齒有好多顆都是鑲銀的，可能當時鑲金鑲銀的牙齒已經很不流行，他的年紀又顯然不老，有點擔心我們看到？只要他忍不住笑了，就一定會拿書把嘴擋住。

可他這個動作，反倒引起了班寶和其他一大票同學打破沙鍋的興趣，究竟老師鑲了幾顆銀牙？門牙之外，後面的大牙有沒有鑲銀？於是大家打賭。

那要如何確認呢？當然得像牙醫那樣，讓人把嘴巴張得大大的才行。

此時班寶想了個好笑的問題，一夥人圍攏了好像很用心要聽老師解答的樣子。因為問題好笑得很，逗得老師一時忘記，張大嘴笑開了。哇，不得了，這下可就真相大白，「老師的大牙也有鑲銀耶！」事後大夥兒笑得比老師還開心。

快畢業的那一小段時日，很多同學星期天也自動到學校K書，這位負責的英文老師也經常在學校，好隨時幫我們解答有關的英文之惑。

當時盛暑天氣，書 K 到一半真有昏昏欲睡的煩惱，吃個冰冰涼的西瓜是最好的消暑和提神之道。然而，據說那時的西瓜很多

都被打了糖精，也算是一毒吧，吃下肚可就麻煩了。何況聯考在即，一切都得小心為上，要是突然鬧肚子之類的，豈不麻煩？總不能因小失大。大家既想吃西瓜解暑，心裡卻又著實有點七上八下。

這時班寶突發奇想 —— 銀子不是一向都是驗毒聖品嗎？買來的大西瓜暫且不動，千方百計把這位英文老師請來一起享用。當然切下的第一塊是先獻上給老師的，老師大口一咬，一切沒有異樣，大家又是一陣歡呼，可以放心吃西瓜了。

老師在一旁一定心裡納悶，這些即將的 young lady 們到底何事如此興奮，如此的樂不可支？

其實一點糖精，吃了也未必有多嚴重，而物理、化學觀念即使一竅不通，也不可能不知道，銀子未必對什麼都有所反應。當時的哄鬧，不過就是為鬧而鬧，為開心而鬧。算不算惡作劇？可能多少有那麼一點。但是也可以說，課業即使繁重，也沒把這群莘莘學子壓倒。而對任課老師，我們的尊重和感激不會比別人少，只不過沒那麼一板一眼罷了。*

青春歲月，無厘頭的玩鬧也是正常現象之一吧？

說到班寶李貴蓉，還真想念她。 50 年沒見，對她卻一點也沒淡忘。

讓我在這裡，遙祝各位未見到面的同學。

健康快樂！並且青春之心永在！都有不老的情懷。

每想到北一女，除了會唸書會考試之外，還會想到什麼？一群乖乖牌？

其實那一群綠色精靈，有專拿滿分或接近滿分的高手，也有專拿零蛋的天才。最近有哲學家來台演講，說他不贊成完美，我衷心認同。完美其實很不真實，而不附合完美的，才是真實的人和真實的事。

機器人可以設計得近乎完美，但我們不是機器人。即使有一點小小瑕疵，也不會損及整體的本質。你以為呢？

所謂的人材濟濟，應該就是包羅萬象。有最高也有最低，有最美可能也有最醜，有最乖的也有最皮的，那才可能是一個活潑有生氣的群體。

城思．故我在

每一個都市不都是這麼一步步改變過來的嗎？

以往的台北、北投、淡水，

那些古味的老厝而今安在？

27

走訪紐約大都會博物館

這趟赴美，行程滿檔，但仍刻意安排到大都會博物館轉轉。這已是我第三次造訪，它的大格局固然依舊，可每回都有不同的特展。上回正巧碰上 20 世紀初葉印象派幾位大師的真品展出；這回則是法國不同時期的服裝設計展，都設在一樓大廳。

各展廳的收藏多來自五湖四海世界各文明古國，埃及、希臘、中東的兩河流域、古中國的文物甚至庭園，一天之內絕對觀賞不完，只能走馬看花，遇上以前看過的，好像遇上了老朋友般欣喜；尚未看過的，就多花些時間駐足細賞。

館藏豐富多樣自不待言，但這回我最興奮的卻是在博物館門前大路邊上見到的景物。販售小吃的攤販，披著五顏六色的彩裝，淡橙的包裝十足引人食慾翻騰。整體攤販熱鬧而不髒亂，僅此一項，就可圈可點。

另外館前樹蔭走道上多了一排畫攤，以前是絕對沒有的，是想要仿傚巴黎蒙馬特？我細看了一下，作品畫得還真不比蒙馬特的畫作差。這裡是初起之秀，在範圍氣勢上當然都無法與蒙馬特相較量。蒙馬特已是一個讓人慕名而至的世界景點，有它特屬的範圍、特具的氣氛，更有它絡繹不絕的畫家們繼往開來地維持著它的名聲，其他地方想要與之爭鋒並不是短時間內可能達成的事。

然而大都會館前的這一排畫攤的新構想倒真得我心。如果有計劃的設計一下，會不會更增加大都會裡裡外外的豐采？古代的與現下的內外交映？可惜我好像沒有看到畫家現場作畫的姿影，如果只是掮客擺攤賣畫，就沒什麼意思了。

畫攤邊上，也有美國特有的漫畫人物的立牌：超人、神力女超人、蝙蝠俠、蜘蛛人、美國隊長等等，都是美國幾代人心目中虛擬英雄的形象，十足美國風。另一個則是風行全美，同時也行銷世界各地的飲料，像可口可樂、百事可樂之類，好像在宣揚國萃似的，令人不禁會心莞爾。

一時興起拍了幾張相關的照片，有攤販的、有那排似畫廊的，還有美國民俗英雄的，在我個人看來，怎麼說都不會輸於館藏。這些都是現代栩栩栩如生的現象，就是這個時代某一個地方人們實實在在的生活。而館內的屬於歷史，不也是由活生生的現實而來的。我們隨時都會走入歷史，當然也無時無刻不在創造著新的歷史，不論是好是壞。不是嗎？

此外，每回我都要到大都會的頂樓去俯瞰一下中央公園，並遠眺它周圍大廈群的天際線。如今國際上新起雲湧的高樓都標新立異，做出各種挑戰極限的造型，但這裡的是高樓大廈的始祖，還是有它不同於一般的風華和姿韻，它們全都厚重壯觀，並不特意

表現花巧，也因此格外顯得大氣，還是比較耐看。

自己重讀一遍，好像通篇都是在捧的語氣，觀光客大約都是如此？不喜歡又何必多此一舉的舟車勞頓。世界說大不大，說小不小，政治是難免的黑之外，不論什麼地方的人文歷史遺蹟，在整個星海宇宙之中，還是值得我們地球人自己珍惜對待的。是吧？

28

真善美之旅

「真善美」這部電影，想來錯漏了它的人不多。當年上映時，大街小巷和校園裡，隨時都可能聽到電影裡的插曲＊：「The sound of music」、「Do－Re－Mi」、「Edelweiss」、「Climb every mountain」、「My favorite things」傳唱不輟，簡直蔚為風潮，洋溢著歡樂清新的氣息。

大家都認為這部電影的編劇真有一手，故事如此有新意，而且奧地利的民謠好聽又韻味十足。當然女主角茱莉安德魯絲的歌喉和靈動，也一樣功不可沒。甚而參與演出的小演員，也受到觀眾真心的喜愛。

這個夏天的 8 月，有幸到美國東北角的維蒙特州一遊，對這部「真善美」電影感人故事的幕後，有了更真切也更深入的瞭解。

讓我先從大家都熟悉的電影說起：薩爾斯堡一向是個音樂之都，準修女瑪利亞被認為不適合修道院刻板的清修生活，被派往當地一個小孩眾多的望族之家擔任家教，其間各種趣事接二連三，也讓音樂的美妙充斥在整部影片裡，讓人感動歡笑滿滿。最後瑪利亞嫁給了這些小孩子們的父親 —— Captain Trapp。

當時因希特勒的軍隊進駐薩爾斯堡，這個家庭不願與之周旋，於是選擇逃亡。電影結束於緊張的氣氛之中，最後這一家大小循著

山路逃走的鏡頭，也讓觀眾再次領略到奧地利的山巒美景。

事實上，這部電影是基於一段真實的故事。確是有這樣一個顯赫的家庭姓 Trapp ，男主人是位海軍上校退役的艦長，認識的人都沿用 Captain 來稱呼他，也確實有瑪利亞這個本來有意當修女的人物。

當時因為 Trapp 家裡排行老三的小孩受傷，行動不便，以至學校的功課落了下來，就向修道院聘請一位修女來任短期的家教。正如電影裡那樣，瑪利亞被派了來擔任家教一職。

回顧影片裡，瑪利亞剛剛到任時，兩個男孩乘她不注意放了一隻青蛙在她口袋裡，嚇得她哇哇大叫。這可能是一般都市女孩最怕的，但是瑪利亞成天在山野裡又跑又唱的，怎麼可能會被區區一隻青蛙嚇到？即使放條蛇在她口袋，大約也是等閒視之而已。編導為了製造笑料和氣氛，倒未免小看了瑪利亞的能耐。我認為整部電影，就只有這裡是個小小的瑕疵。你以為呢？

瑪利亞性情活潑開朗，為這個已經喪母的家庭帶來了歡快的音樂和無比的歡愉。家教的任期很快就要滿了，孩子們都捨不得她離開。於是彼此商議該怎麼樣才能把瑪利亞留下來。最後福至心靈，一致認為，如果他們的父親能和瑪利亞結婚，她就是家中的

一員，也就永遠不會離開了。

於是孩子們一窩風似的跑去問他們的父親。而 Captain Trapp 卻說：「談什麼結婚，也不知道人家喜不喜歡我哩？」小孩這就又一窩風的衝到正在忙碌著的瑪利亞那裡，開口就問：「你喜不喜歡我們的爸爸？」

以常規來判斷，一般人哪有說不喜歡一家的主人或老闆的。禮貌上必然是回答「喜歡啊。」這下小傢伙們樂壞了，又衝回去告訴父親：「瑪利亞說她喜歡你耶！」

這位 Captain 於是就興衝衝地去向瑪利亞求婚。當瑪利亞猛一聽到這話，卻轉頭就跑，一直跑到修道院，向院長陳述。而院長和其他修女商議的結果，一致認為她嫁給他是不會錯。

於是瑪利亞默默地走回 Trapp 的家， Captain Trapp 問她：「你怎麼什麼回答都不給我就跑了？你跑到哪裡去了？」

這時瑪利亞突然大哭起來，她說：「院長她們都說，我應該嫁給你。」

這段姻緣就這樣定了下來。孩子們歡天喜地，總算把他們喜歡的

瑪利亞永遠綁住了。

之後希特勒進駐奧地利的薩爾斯堡，10 年間各忙各的。由瑪利亞帶領她自己一手訓練的 Trapp 家庭合唱團，這時已經名聲遠播，甚至曾到北歐的斯德哥爾摩、法國、倫敦、義大利以及維也納皇宮演唱過。多數唱的是 16 至 18 世紀的老歌，主要還是奧地利民謠。

就連希特勒本人也對這個家庭樂團欣賞得不得了，很希望他們能在他生日那天，在慶典上為他唱歌作為生日賀禮，如此豈不更能顯示出奧地利人對他的推崇和擁戴？

由真實的歷史記載，由於歷史上奧地利的哈布斯堡家族曾與德國聯盟，當時奧地利絕大部份的人都十分歡迎希特勒軍隊的進駐，像 Trapp 這樣因為愛自由民主而堅持反對態度的人並不多。由於這個家庭在奧地利素來具有聲望，希特勒有意徵召 Captain Trapp 作為最新潛艇的指揮官，對曾經是海軍的 Captain Trapp 而言，應該會是相當大的誘惑。但是他基於理念，還是不肯屈從。他的大兒子後來學醫有成，也一樣拒絕希特勒徵召他去主持當地的一家醫院。而在那樣的政治氛圍之下，不肯對希特勒示好，甚而拒絕徵召，又不肯賞臉獻歌祝壽，最後也就只有逃亡一途了。

電影裡他們是由山路逃亡，真實的經歷裡，他們先是搭火車前往義大利（當時還沒加入軸心國）。也是假裝要出外演唱的樣子，什麼都不敢帶，只穿著簡便的服裝，以免引起鄰居和納粹祕密警察的警覺。正好當時美國有人發出了一份邀約他們前去巡迴演唱的邀請，他們就在義大利搭船，前往象徵自由民主的理想國度。

待他們全家到了維蒙特之後，那裡秀麗的山巒疊嶂起伏，讓他們感受到有如奧地利薩爾斯堡一般的明媚風光，因此決定在那裡安頓下來。大戰結束之後，他們曾經返回奧地利一次，但是他們原來那幢堂皇富麗的故居，曾被希特勒當成在當地的總部，連裡面的傢俱都被刻印上納粹的標記，於是 Captain Trapp 將整座房舍捐給奧地利作為博物館，從此不再回去，認定了維蒙特作為全家永久的安身之所。

剛開始到維蒙特這地方，他們買下的房舍很小，完全靠全家人同心協力胼手胝足，一點一點的擴充房舍的面積。還得自己種玉米，製作楓樹糖漿，自用兼出售。女孩們紡織縫製衣服，兩個男孩子就拿木頭刻製玩偶出售，以自給自足的方式維持生活。維蒙特冬天的氣溫冷上加冷，白雪皚皚蒼茫一片，可以想像當時他們的生活是如何的艱苦。

然而因為他們歌唱的名聲了得，也不時會受邀到美國各地演唱，

前後約演出一百場以上。他們還是維持奧地利的服裝形象，但是在曲目上也盡量加入了美國當地的民謠和古典樂曲。這時他們標榜的是：一點點奧地利，加上很多的美國風。

盛名所及，很多美國人自動前來「拜山」，要向他們學習音樂。於是自 1944 年開始， Trapp 家庭就在維蒙特的莊園裡創立了音樂營地，分別取名為巴哈、貝多芬、莫札特和福斯特四個營區（其中福斯特是美國當地有名的民謠作曲家的名字）。課程裡有歌唱、民族舞蹈和藝術（可能是雕刻鑲嵌之類），生意十分興隆，盛況持續了有 12 年之久。

他們的山莊最後擴展到有 96 個房間。在他們出外演唱時，就把多餘的房間租給到山莊來遊玩的旅客，也就是目前這個 Trapp Family Lodge* 的由來。格局上四個音樂營區是連接在一起的，裝潢上每個區雖然有些差別，但都分別有個該區共用的客廳和遊樂室。感覺很有特色之外，遊客在那麼大的範圍裡，找起來自己的房間也方便得多。

後來家庭成員陸續因結婚而離開，男主人和瑪利亞也先後於 1977 和 1987 年過世。最後由老么 — 也就是電影裡那個對瑪利亞說：「我的手指頭弄破了」的那個小不點 — 全權掌理。現在是由瑪利亞所生的兒子接任，而孫輩們都是這個遊覽勝地負責

「講古」的導遊和服務員。

以上故事就是由他們的敘述中得知。

這個旅遊勝地的範圍相當遼闊,有田野、有花圃、有工廠。房舍則全是木造的,甚至沒有上漆,都是木頭的原色,倒也樸實無華。每一處都潔淨俐落,有種古樸簡約的風華。而每一處長廊上,都吊掛著色彩鮮麗的鮮花,增添了自然婉約之美。

開車 5 分鐘的車程外,還有另一個典型美國風味的餐廳,地理位置絕佳。可以遠眺山林的起伏綿遠。和山莊主建築裡面的主餐廳一樣,都附有室外的座位。此外還有健身房、游泳池等設備,讓休閒活動多樣又趣味。

在這個山莊留住的幾天,緬懷著曾經來自奧地利的純淨歌聲,同時也衷心佩服 Trapp 家庭那種敢於追求自由意願的絕然行動。如果他們留在奧地利,可以過著貴族奢華無缺的優裕生活。但是為了堅持自我的人生理念,也因為不願向自己不欣賞的政治人物屈服,寧可飄洋過海,在一片莽莽山林之中辛勤開墾,從一草一木做起,以求自給自足。那份艱苦卓絕的經歷,和電影裡 Trapp 家庭在奧地利時意趣盎然的畫面,前後交互輝映,同樣讓人心情悸動難忘。

徜徉在山林與木屋之間，流淌在音樂的想像之中，整個盛夏的暑氣都消弭於無形。心中有的是一份寧靜平和，正如那首歌歌詞 —— The hills are alive，with the sound of music —— 電影裡有的是浪漫和歡愉；眼前的，是一份堅毅與卓然不群精神的具體呈現和回憶，相信都會在遊客的心中迴盪不已。

電影「真善美」（The Sound of Music，1965）—— 很多人都以為，電影裡那些插曲都是奧地利民謠。其實不然，它們都出自於兩位作曲家 Roders 和 Oscar Hammerstein，他們最初是為百老匯舞台劇所寫，電影沿用。而且從頭到尾一氣呵成，每一首曲子都富於古典的民謠風，曲譜動聽，歌詞雅致，難怪很多人會認定那些就是奧地利的傳統民謠。這份譜曲寫詞的功力，著實讓人好生敬服。後來以 40 種語言與方言發行，風行至今不輟。

這兩天超級怪風珊迪狂襲美東，造成不可計量的損害。The Trapp Family Lodge 不知情況如何？淹水是不可能，因為它位於山上，而那古老的木頭屋舍是否安然無恙？倒不由得讓我掛記在心。（編按：作者書寫該文時正值颶風珊迪重創美國東部，Trapp 山莊安好無恙）

29

金門行

金門和小金門以往一向是軍事重地,進出有許多嚴格限制。既已開放,必得走訪一遊。

如今戰略情況已經改變,金門大部份地區開放觀光,只留小部份碉堡與營區仍有駐軍。即使如此,據服役的兵員陳述,也沒什麼了不起的操練,多數是行軍出操、鍛鍊體能而已。導遊甚至笑謔地說:「拿掃帚比拿槍的機會還多」。

再過段時間,大約兵役也可成為歷史,而改成募兵制了。

軍事技術與武器的改進,威力都大到不需軍人像三百壯士裡那樣面對面撕殺的程度,硬要年輕人去虛耗兩年光陰作什麼?舉辦夏令營與冬令營才比較有意義,不也同樣可以訓練體能與毅力嗎?如此參加的人可以不限男女,全民體能皆佳,豈不更好。又可以省下鉅額莫須有的軍事費用。

試想現代精密的武器,豈是短短的服役期間可以駕輕就熟的,還不是略知之無就該退役了。只有真正的職業軍人,才能夠長時間操作那些精密又日新月異的科技武器。那麼服役實質上不就等於去參加了一段較長時間的夏令營或冬令營嗎?

金門給我的總印象是,應該好好規劃發展,不能再只因應戰區的

短暫需要。以往那種前線要塞的地理優勢已經一去不復返，該還給當地人民自由無憂的生活。

常在報紙上看到，要以金門作為小三通的港口，將來能不能繁榮地方，一方面看當地人民的意願是否熱烈，另方面則看有關方面規劃的是否周全。

印象裡全島的馬路都只是雙線道而已，如果大車開在上面，其實就等於單線道。目前島上的主要道路都是服役的軍人出力鋪修的，沿路的兩排樹也是阿兵哥手植的，當然一切以當年軍用目的為主，並未顧及商用價值及往後可能的經濟發展。

道路猶如一個城市的血脈，這些道路將會是往後金門發展的基線，即使無力同時全部拓寬，至少在新建築樓面民宅時，應有計畫的規定離開馬路的距離，預留為以後可能拓寬的路面所須。這樣才不至於又弄個交通擁擠紊亂的新城市出來。

至於老房子的養護工作，有些村落保存得非常完善。其中如我們去參觀的王家村，如今定為民俗文化村，建於清光緒年間，大約為西元 1900 年，距今有整百年的歷史。房舍內外牆上的浮雕壁畫、樑柱上的雕刻、門楣上的裝飾都十分完整。建材可能用得很實在，至今屋頂上尖飛的燕尾結構架式，砌牆的石塊仍然完好如

初，並且保持得很乾淨。內部的傢俱雖已老舊，甚至破損，但仍看得出原本的漆色與樣式。有的中了進士的民宅府第，門楣上多了些匾額之類的光榮歷史可以炫耀。

賣蚵仔麵線的那間屋子，牆上還掛著鄭成功的書法。雖經年久塵落煙薰之後，仍掩蓋不了字裡行間的那股英氣與才情。今人可以說他不識時務，可以說他愚忠。但是在他那個年代，生活所教育他的，就是那樣處事的原則和態度。

所以他能堅持他的理念，即使是愚公型，也仍值得我們後人的敬佩。這無關哪個朝代的絕續存亡，純粹感慨他個人的際遇而已。

就讓已經逝去的都歸歷史。

由之想到讀史，必須還得能跳出歷史，才能洞察歷史的真諦及豁然開悟。鄭成功失敗，是由於泥古不化，而若今人譏笑他則是不仁。

自古至今，又有多少人是能夠跳越他們所生活的年代？是以那些滿腔熱誠的、那些英氣勃勃爽朗如風的，即使未成功也值得我們喝采。

像王家村這樣的金門老厝分佈非常廣，每一個村莊都有，但是
以此處的最美，也保存得最好。其他的，隨著時光的腳步、也
隨著經濟的發展、觀念與生活習慣的改變，相信最終都會走上
改建之路。

每一個都市不都是這麼一步步改變過來的嗎？以往的台北、北
投、淡水，那些古味的老厝而今安在？只存在於見過它們，也曾
生活於其中的人們的記憶之中，實體卻永不復返了。能看到這些
式樣完好的老房子，是這趟金門之行的最大收穫之一。

在既有的軍事建設上，印象最深的是那條已開放觀光的翟山坑
道。它是從半山一直挖掘通海的。全程都是堅硬的花崗岩，當
年工程進行中曾犧牲了不少軍人及服役人的性命。旅遊團裡有
一位 60 多歲的人，當年就曾經參與工程，他說直到他退役，工
程尚未完成。而今舊地重遊，感受上當比我們這些走馬看花的
遊客深刻。

據說這裡是離台灣本島最近的一面所挖坑道主要是由台運輸補
給及軍需。以往甚為機密重要，而今既開放，軍事意義應是歸
零了。

由於坑道內全部是花崗岩，被炸開或鑿開的坑壁紋路特別顯得凹

凸有緻，倒映在水中，成為雙倍的高度，看起來更是壯觀。那種真實裡滲著陰鬱神秘的氣氛，比看什麼電影的奇特景物都攝人心魄，因為它是與生活相關的實際存在。

在金門，碉堡多，武器多，坦克大砲、甚至於小型戰機，在許多開放的地方都可以自由拍照。我這個非常不喜歡戰爭的人，還是拍了不少與武器的合照。感覺上這些或已過氣的戰爭利器，都像是台北公園裡的模型玩具了。

我們這一團，實質上可以稱為探親團，有四家人是去探望服役中的兒子，又有四人是當年曾在今門當兵而今舊地重遊，很有意義。三天兩夜的旅程，離開時心中還有些依依之情。對早期的金門景象，對那些保養狀況良好的百年老屋，有了個依稀的印象。

而對那些莫名其妙被派來此地虛耗兩年黃金歲月的年輕兵丁，甚至那些莫名其妙死于炮火下，和被水鬼蛙人偷襲喪命的無辜生靈，以及當地人民多年來戰戰兢兢的生活，卻難免不有一份悲憫與同情。

歷史有其愚昧的一面，並不如每個戰史館所標榜的都是光榮的犧牲、輝煌的戰蹟、絕對的勝利。抵禦外侮是必須的，重點是該界定何者才算是外侮。

其實，若有卓越的智慧與識見，許多戰事都不應該發生。如果領導人真是仁民愛物，則未來可能的任何戰爭，也應避免在歌功頌德的表相底下，掩埋庶民哭泣的靈魂。

30

獅城來去

1

這次來獅城*，和每次來一樣，總會和以前一起畫畫的朋友小聚。共同緬懷那段彼此互勉又笑聲不斷的美好時光。

其餘的時間，既不想購物，也不想瞎逛。真正期盼的反倒是能夠獨自一人清靜沉澱一下，不須走馬燈似的趕著做什麼。整個人有如機器，上緊了發條只為瑣碎的生活細節，真是不堪不耐。

在這個安全舒適的小島國旅店裡，可以輕輕鬆鬆地體驗身為旅人，四處不沾邊的無牽無掛。早上外面雷雨交加，我繼續睡我的大頭覺，似乎離白花花的閃電越近，而窗外的視線也越模糊，因為背景是灰濛濛的天空，近景則是奔騰的雨絲雨線。其餘的，都近乎「山在虛無飄渺間」的景致與意境。

以往住在這裡，將自己的居所取名「觀雨樓」，而非一般的聽雨樓，原因就在熱帶驟雨的氣勢與景象，用眼睛看比用耳朵聽更能動人心魄。

2

晚上和朋友去 Clark Que 的陳福記，一家專門烹煮新加坡本地特色晚餐的餐廳。

餐後我們坐在新加坡河畔的堤岸上閒聊。晚風徐徐，燈光閃耀，熱帶風情的夜，揉合著歐風情調的碼頭設計與造景。黃頭髮藍眼睛的西方遊客坐滿河邊的餐座。四周放眼所及，都是燈火輝煌的高樓，人工美是獅城的特色，星光不是這裡的主角。

要看星，理論上應該遠離市中心，到比較偏遠的地方。然而整個新加坡也不知有沒有什麼地方夠稱得上偏遠。不過只要有一片空曠的草地，不論是公園、是共管式公寓庭園的泳池邊、甚至在樓高十層以上，天空的景象並不會被燈光搶去光彩，獅城建築群的規劃特佳，總兼顧到群聚的高樓也要有呼吸的空間需求。

而能與友人在星光月光與燈光交融下，傾吐心中塊壘，心境因而豁然開朗，似乎重新覓得了星座的正確方位，也釐定了星光下未來的夢想旅程。

人生果真如夢，讓那夢與理念的軌道合而為一，則不負生活裡的一些恓恓惶惶。

3

濱海城南那塊填土的新生地，已經建造媲美拉斯維加斯的賭場。賺錢是當然的考量，同時也為新加坡人民解決了就業問題，更為

島國未來的經濟競爭選擇了一個重新出發的契機。

以往要賭就得跑去鄰國馬來西亞的雲頂。後來印尼在附近的公海領域弄了條賭船，國際法上屬四不管地帶，但是錢還是被印尼人賺走。

據統計，華人多數愛賭，而新加坡人口華人佔 75 % 以上。與其讓別國賺走她人民的錢，何不自己來賺？還可以賺到東南亞和全世界賭客和遊客的錢，何樂而不為？為國計民生，算盤是得精打細算。

當然有人贊成也有人反對。但不論是基於島國的經濟現勢，或出於傳統的衛道標準，爭議只為富國強國的惟一主題，不會無厘頭的偏離。

台灣政壇的紛擾，在那裡好像很天方夜譚。而從台灣來的我，此刻卻也像進入了一個對台灣而言，是天方夜譚的理想國。

傳說遠古時期，新加坡島曾出現魚尾獅，是種象徵吉祥的神物，故新加坡別名為獅城。

31

歲月之流

都說一般人的一生裡，可能至少會把福爾摩斯讀上個兩回，而我
卻早已讀過三回，加上這次就是第四回了。還旁及一本介紹福爾
摩斯生涯中各種精彩軼事的書，等於將整集故事作者柯爾道南寫
這些故事的來龍去脈都來了個提綱挈領；以及另一本日本出版，
等同於福爾摩斯俱樂部的小集子，專門比賽看誰記得最多福爾摩
斯的古怪脾性和和嗜好，記得最多又最詳盡且正確的就是贏家，
可以炫耀同儕，樂上好一陣子。可見這位大偵探的行徑無論在哪
個國度都令人癡迷神往。

我寫的既是歲月之流，要表達的是在悠悠歲月流逝之際，它故事
裡有什麼讓我懷念或說懷古的景致。再讀之下，新的體會重點又
會是些什麼？因為探案故事再精彩，結局都早已知曉，緊張刺激
的張力比第一次讀到時肯定減低一些。可也因為不將注意力全放
在如何探案如何鑽研線索之際，會不會滲入更多自我人生的體會
和對故事中時代背景的想像和嚮往？到了這種雲淡風輕的日子，
突然心血來潮，很有興致再讀它一次，不外就是想看看走過悠悠
的歲月之流，再讀時會是什麼感受？

固然每個故事的推理演繹精密依舊，卻也有不少篇幅，不復如年
輕時代感覺那麼的興味昂然。是故事寫作的手法已經和現下的重
口味有了代溝？還是因了曾經滄海，自己對事務的演繹水準早已
高於以往的青澀，看什麼都淡定了些？或是因為早看過這些故

事，心中多少有了那麼個底蘊，以致書中各種探索的吸引力已不復初讀時那麼濃烈新鮮？在這個生命尾端的悠然日子裡，突然興起不知是自己老了，還是福爾摩斯老了？心中多少有些惘然，也難免有點自嘲。

反倒是行文之中，福爾摩斯所存活那個時代的倫敦，不論街頭的景致或生活節拍，此時此刻，比年輕閱讀的時候，更能吸引我的興趣和專注。福爾摩斯故事的時代背景，正是那個日不落帝國在維多利亞女王風華正盛的年代，交通工具裡汽車的出現尚屬稀有，絕大多數都是以出租車或私人馬車代步；遠距離的已有火車可搭，還分別有各種等級的待遇。

男士們戴帽子是不可或缺的禮貌，而女士們長裙曳地，不同的材質總弄出許多窸窸窣窣的聲音。福爾摩斯總以別人鞋跟沾到什麼顏色的泥土，來判斷這人是從哪裡來的，或是曾去過哪裡，這些細密的生活細節是他從不放棄的觀察心得。而我倒是很奇怪那麼些女士們，當年碰上了倫敦多雨的天候該要怎麼走路？長裙曳地耶！

她們之中有點知識水準卻又沒有豐厚身家的，只能去擔任家庭教師的工作，再來就是新興的行業打字員。而在探案中也有不少女性是在非得工作不可的境遇之下遭到綁架或謀害，都靠福爾摩斯

的智慧趕往搭救解危。在那種種背景之下，不由得讓我想起一系列發生在那個半古典時代裡的故事，「簡愛」、「傲慢與偏見」裡，不都瀰漫著那樣的氣氛？這些時空倒轉之下的生活情境，對我而言，反倒比探案本身更具魅力。

藉著各種不同的媒介，綜合之後以了解或觀賞歷史裡的點滴特色，是我無可救藥的興致所在。如果能夠有一對翅膀或是哈利波特的飛天掃帚，隨興來往於古早與現代的時光隧道，該會是多麼曼妙的人生經歷？至於這樣閱讀，是不是給人讀書抓不到重點的感覺？旁顧的似乎太多樣了點。而所謂的名著，或是深受讀者喜愛的作品，大約也就是這樣才能夠對事件全方位的詳細描寫和敘述？

前兩年趁興去英格蘭和蘇格蘭暢遊一趟，重點景觀裡就絕不至漏掉親自拜訪瞻仰一下福爾摩斯貝克街 221B 的那層公寓。其實理性一點，都知道那不過是個虛擬出來的地址，但眾口鑠金，現在沒有人會否認那就是當年這位大偵探的居所。

公寓樓下有守衛，都穿著傳統黑白二色的警察制服，戴著似頭盔般的黑帽，道貌岸然。搶著與他們合拍的遊客接連不斷，似乎就此沾染上了點滴當年生活的氣息而沾沾自喜。旁邊就是售票和紀念品店。買票等著上樓的遊客隊伍若長龍一般，讓人歎為觀止。

票價高達 15 英磅，相當於台幣 600 元，但以這個價位就得以親炙福爾摩斯過往的生活輪廓，又都是不遠千里而來膜拜的福迷，這點價位也就算不上什麼了。

上得樓去，它有兩扇突窗，依故事中的描寫，可以遠眺遠遠的街口正朝它奔馳而來的馬車，由奔馳的速度和馬車的外型，福爾摩斯未卜先知地就已對來人的性情與行業有了個大約的印象，而且相當神準。而由那兩扇窗，也可以時不時瀏覽一下街口上形形色色的行人和車輛。

於是當我自己登上二樓，除了細細玩味小小起居室裡各種一如書中所提及的擺設如煙斗、放大鏡、化學實驗用的玻璃杯皿、福爾摩斯的鴨嘴帽，牆上的掛飾和大偵探閒來常常拉奏的小提琴等等之外，還可以坐到沙發上顧盼自雄地拍一張照片留念。雖然不能和老偵探把臂言歡，但感染到那氣氛，想像福爾摩斯發瘋似的在牆壁上用手槍射擊出維多利亞女王名字的縮寫，有時理性，有時嗎啡吞得薰薰欲醉，就是這些特異古怪的性情，更增添了他個人辦案的魅力。

接著最引我興趣的就是趕到窗口向外眺望，看看書中所提到在那裡可看到街上的各色風景。然而讓我失望的是，對面只不過一列不起眼粗糙的大樓，還有標明的地鐵站出入口站。旁邊有書報攤

之外，哪看得到多遠的街頭景致？這個真相還真殺透了風景。不過他們居然還能夠依據書中敘述將室內佈置得有模有樣，也就不辜負福爾摩斯迷不遠千里而來的朝拜之情了。

如今這個虛擬的故居已被列為英國第二等古績，可見去參訪的人潮鼎盛。歲月悠悠，福爾摩斯的魅力卻歷古而彌新。如果下回你去英倫，千萬別只在樓下街邊抬頭望它一眼，上得樓去，可以眼見大偵探當年的生活環境，可真是回味無窮咧！

32

鹿港。黑面媽祖。天后宮

一直對鹿港慕名不已,那裡的摸乳巷前段時間還上了報紙,因為磚瓦掉落打到行人頭上,連躲都躲不掉。正好驗證了那裡老厝老巷逼窄的特色。今天有機會去探訪遊走一番,對我而言,還真是一件興奮的大事。

據導遊介紹,鹿港屬彰化縣境,名稱由來據說是因為早期當地出口很多鹿隻而來。彰化則是在雍正元年取其「彰顯華化」而得名。彰化有座全台最大的座佛,而鹿港也以廟宇特多名聞遐邇。據說以前當地有五種廟宇,一是全鹿港人都膜拜的「閣港廟」,有各地移民聚居所拜的「人群廟」,各大姓氏分別祭拜的「宗族廟」,有附近街坊鄰居合拜的「角頭廟」,還有所謂的「王爺廟」,真是出乎現代人意料的多樣和熱鬧。

現在規模最大、香火最盛的,首推已有近 300 年歷史的「天后宮」,敬拜黑面媽祖。以往不解為什麼會有這個名稱,這次來了才知道,媽祖又稱天上聖母,因為特別靈驗,香火一向鼎盛,以至原本粉紅面頰的媽祖像,被煙薰到成為黑面,又稱香煙媽祖。每年 1 至 3 月這裡的祭典是台灣宗教界的盛事之一。

寺廟本身規模相當宏偉,裡裡外外的雕樑畫棟,作工十分精緻,而且每樣雕刻都有典故可考。如果細細追究,還真是一門學問。香爐邊上,香煙繚繞之中,絡繹不絕的善男信女上香膜拜的虔

誠，可以感受到民情的善良醇厚和他們全心的信賴，這是參觀廟宇時最動人的氣氛。

一路走來，目不暇給的，都是廟宇，喜歡拍照的人猶如進入寶山，保證收穫滿滿。寺廟周遭一向是香客、遊客聚集流連的場所，販賣各種小吃的攤販雲集，其他五花八門的店面也不少，看來生意也都還不差。

但是在求好心切之下，忍不住說句不中聽的良心話，台灣各地景點雖各擅其美，其周邊環境的規劃和整潔級數通常只能以負分計算。也就是說，整體給人的印象差不多都是既髒又亂，並不單單指此一地。

是我們一直以來都過慣了胼手胝足的苦日子，所以只要過得去就好，其他都是莫須有的閒話，難道不知顧惜民生辛苦？因此就不必吹毛求疵。還是我們都應該有個共識，期望各地民俗景物更加璀璨引人，不但作了生意賺了錢，也同時在衛生和觀瞻上能夠更上一層水準？

不是都有個共同的願景要大力發展觀光事業嗎？我可不是單指吸引大陸遊客，我指望的是全世界的遊客。台灣好山好水，客觀條件之外，人文方面的提昇也會有十分決定性的影響。

在全世界華人聚居的地方，台灣無論在文學、藝術上的優質表現，早已有目共睹。我們甚至可以大言不慚地承認是站在引領風騷的地位。唯獨生活實質上的瑣碎細節，似乎總被睜眼閉眼的忽略。

其實像淡水河以往幾乎等同於垃圾河，而今整治之後，清可見魚，河面清風徐來，朝輝夕映之際，該給沿河居民和遊人多麼不同於以往髒亂的印象和感受？

近 20 年前的新加坡河也是一樣，快成臭水溝了。經過他們整 10 年的疏浚整頓，如今它已成了新加坡蜿蜒流暢，意象萬千的旅遊景致。

西方國家更是把它們自己的環境打理得舒適宜人、嫵媚無限。那都不是天經地義的事，為了這種被人稱羨的成果，他們也須付出很高的自我約束和努力代價。

我們台灣人真該朝這個方向努力。當然有關的行政單位首先必須合理研究規劃，實施的時候可就得商家自覺的實際配合。以往那種權宜一時的難民心態應該徹底撤開，向精緻 — 至少是整潔有序的生活情境邁進，而不是得過且過那麼馬馬虎虎。

彰化的地理位置在台灣的中點，鹿港又距離對岸的大陸最近，清朝年間商務十分繁榮。那時候全台有三個大港分別與泉州、福州和廈門相對通商，有「一府、二鹿、三艋舺」之稱，可見其人文薈萃的盛況。

後來在日本殖民之後，很多當地人返回大陸，商務因此一落千丈。加上鄰近的台中又以鳳梨罐頭工業興起，吸引了大批勞工，後來居上，反倒把鹿港比了下去。但是台中現在已很難找到古味十足的景點，因為它興起得太快，急不及待地把老房子都拆了。倒是鹿港因為商業的沉寂，反而能把古老的建築保留得相當完備，贏得古都的美名。

不過這次走訪鹿港，即使保留區裡如九曲巷的宅第，也已開始走樣。雖然仍不乏保有舊時古老樣式的，可也有相當比例的舊宅老屋已改頭換面成今天制式的水泥建築。整體的趣味已經不今不古。

如果你想走在那些昔日既容易防盜又可防風沙的細小巷弄裡，尋找悠悠的思古之情，那還得靠導遊強調「以前」或「幾年前來時」這些字眼，否則就如同走進尋常巷弄一般了。

說來也是人之常情，到處都在蓬勃發展，能有幾人耐得住獨守古

舊的寂寞？

台北曾有座被定為古蹟的漂亮老教堂，在一夜之間被主權人拆個乾淨，讓相關方面想搶救都措手不及，徒喚奈何。台灣公權力不彰，似乎是歷史的一種標誌和定律。

在我的感覺裡，鹿港在老厝的保養方面所作的努力，和新加坡剛好成兩極表現。新加坡是把所有保留下來的老房子粉飾刷新，漂亮標致得猶如模型樣品屋；而鹿港老街的老屋，則過度任由大自然雨浸風蝕。許多大門上的油漆早已斑剝脫落，一副歷盡滄桑的面貌。

過與不及，都不是對待古建築物的適當方法。如果任由這樣自然滄桑下去，它們活存的時間無疑就會大打折扣。我私下不免擔心，再過段時間，可能管他是不是保留區，都將再難看到什麼歷史的古蹟和古意？

同行的有幾位小朋友，我一個勁的鼓動他們多拍照留念。在他們長成之後，是否會舊地重遊？重遊的時候，是否還能看到今天所看到的景致？

兩者皆無法預料。

也來說說某人、某事

讀她的文章，頗似在濃不見底的湯汁裡，

隨手一撈，就滿是珍珠瑪瑙。

33

她們

深夜捻燈夜讀，常是一天中最自我也最享受的時刻。尤其是夏日
炎炎之際，今年夏天的熱，更甚於往年，簡直熱到頭昏。

夜讀，猶如一劑清涼散，正可以恢復好心情。我閱讀的品目可說
相當駁雜，但最感興趣的還是散文。

散文不像小說，必須日以繼夜長篇大論地讀下去才能有個整體的
概念。它的長處是短小精致，而作者的論點、理念，卻已表達得
十分明晰，與現代人的生活步調尤其配對。

台灣的文化實質，一向精微細致，而在文字書寫的範疇，則更是
表現得可圈可點。女性因著天生具有比較靈敏細膩的感受能力，
所以常常可以成就一些特別靈秀的文章書寫，從某個層面來說，
男性作家未必能勝出其右。

這些作家的作品，有的輕靈得幾可不食人間煙火，有的則雄辯滔
滔萬夫莫之能禦。總之她們得天獨厚的資質，加上深厚的學識修
養，使得所寫下的作品，不論質與量都十分引人入勝。

以下這幾位作家，文筆幾可出神入化，相信不只是我一個人的最
愛，可能也受到每位愛讀散文的人的矚目與喜歡吧。

首先來看看**龍應台**，她曾經表態不希望人們稱她為女作家，只稱作家即可。我也贊成她的觀點，任何寫作都無須有男女之分，所以我的題目只用「她們」，也是為了尊重她的這份意願。

她文章的字裡行間常充沛著一股磅礴之氣，相當難能可貴。讀她文章的同時，大約都免不了有這樣的思索：究竟是什麼因由造就她分外犀利的觀察與感觸？但是筆下卻又雋永溫馨與雷厲風行兼容並蓄？

她的文風既具女性的靈慧，又知性豐沛猶勝男性。因此一個閱讀者所希冀的文章特質與內涵，都可以在閱讀她的行文中獲得滿足。

這是單指閱讀的快感而言，至於她行文中給你的點醒或當頭棒喝，才是不得不佩服的特點。都是台北街頭的人頭，為什麼你我在此之前從沒想到過她所提出的這個問題？從沒發現過她所指陳的這種現象？

於是她的點醒不由得不引起你我深深的省思：有時懊惱，有時悲憤，有時是心有靈犀之後的通達，又或者，只發出一個會心的微笑。

我們跟著她重新面對台灣周邊的大海，跟著她認識上海的男人，跟著她做深深的百年思索。更不知在多少次說「你為什麼不生氣」之後，突然意識到，曾經有什麼人早已說過了這句話，它已幾近形同專利。

龍應台現象有如陣陣龍捲風，所到之處，鮮少不為之傾倒披靡。

平路在「亞洲週刊」的專欄裡曾有一篇文章，談到楊振寧博士和比他年輕近一甲子妻子的婚姻事件。這個婚姻本身只是純個人的意願，但是社會上卻出現很多聲音，豔羨的有之，稱讚其勇於突破成規的有之，於是變成了一件滿引人注目的社會議題。

平路一反旁人對其所謂的浪漫勇敢論，認為這種老男配少女的婚姻，其實是中國自古以來的傳統觀念，也就是父權社會的產物。因此楊老博士的婚姻根本談不上是什麼突破傳統，既不浪漫也無勇敢可言。她認為他們的勇氣指數「甚至比不上任何一個毅然出櫃的同志朋友」。

她當然無意反對別人的你情我願。她的重點在於「明明是在傳統架構裡鑲嵌得宜，卻名之為浪漫、名之為勇敢 － 。而我擔心的尤其是，這浪漫的『迷思』將影響深遠：它關係著女人繼續把皮相青春當作本身可欲與否的唯一標準」。

她的擔心，出於現代知識女性的自我認知與自我尊重，因而期望當今的女性能有足夠的知識份量，跳脫自己的母親祖母外婆她們曾經被束縛的古老宿命。

在我個人認為：青春依然是值得珍惜的，但代表的不是待價而沽；美麗仍然是可喜的，但是它可以不僅僅是一種賣相。

以前曾讀過她幾本書，但是讀了這篇文章，卻讓我對她刮目相看。不只是她的論點能獨醒於蠢蠢凡愚，她寫作上的收放自如也到了爐火純青的境地。

在文中她沒有一句話是對事象的直接指對，總在快沾到邊時，立時轉個不大不小的彎，但是聰明的讀者一定知道她要說的是什麼。段數夠高竿吧？

她曾寫過「女人權力」一書，可見心中自有對男女兩性的平等與否的一種願景，展現一個現代女性獨立自主的識見。

在蔣方良女士過世時，她曾在「中時」發表過一篇專論「失語。失所。失鄉」，對社會上普遍程式化地安給這位老婦人的所謂「足堪婦女典範」的讚語，予以理性的反駁。更以深深的同情與理解，幫她申訴了她一生堪憐的無奈。現代人而仍以「貞節牌

坊」式的標準來規範女性，未免也太過時了吧？

平路總能在眾口鑠金的教條之中剖析出真實的肌理，絕不至人云亦云。這份能耐不是只依賴一顆好腦袋，對理的執著、對人的關懷，以及學識與氣度，必然前呼後應且相輔相成。

陳文茜這個名字，在台灣應該是無人不知無人不曉的，電視媒體上總捨不得沒有她的節目。欣賞她，絕不限於她的哪一項演出，而是多面甚或全面的，這和欣賞一般作家的文章之美不太一樣。可以說，陳文茜本身就代表一樣絕佳的作品，而創作者還是陳文茜本人。

而任何把陳文茜寫入文章的人，都免不了有攀附名人聲望之嫌。不過，我還是捨不得不把她帶進我這個篇章裡，否則就猶如一個圓、一個方形體，或任哪個美麗的圖形缺了一角一樣。

她才氣縱橫，但是她的文章難得不沾染政治，實在有點浪費才華。話說回來，若完全摒除政治，又不能表達她才華的全面了。她已出版的作品中，像「文茜詠嘆調」、「文茜語錄」、「陳文茜的虛擬人生」等，即使不含政治意味的篇章，精彩的還是相當不少。

讀她的文章，頗似在濃不見底的湯汁裡，隨手一撈，就滿是珍珠瑪瑙，內容豐富多元，讓人既驚又喜。而且她是那種管它三七二十幾的文筆，什麼「屁話」「王八」都用，不屬純文人風格。她敢說敢言，敢怒敢罵，敢於想像敢於剖析，痛快淋漓的恣意揮灑。

事實上她也不是專寫文章的人，她是在每一個方位都屬玩票，卻又玩得精彩、玩得響噹噹的人物，甚至比本行的專家玩得更好，更遊刃有餘。因為她根本就不受任何規則的束縛與規範。這是她的個性使然，也是她行事的必然，大約也就是魅惑眾生的當然了。

韓良露在「京都夢華錄」這篇文章裡說：「我在京都尋找唐宋之古，在上海找西洋人遺風，在北京察胡人影響，玩的都是世界文化混血拼圖的旅行遊戲。因為，我也許是生生世世輪迴數千年的時空旅人，總想辨識流轉於不同時空之間的地域與文化的歷史鄉愁。」讀者有幸有這麼一位感性知性兼具的作者，向我們揭示世界之美、典物之珍。

她的文風好似一股汩汩清流，清澈平緩，輝映著湖光山色，朝暉夕照和時序的移轉。她從不故做驚人之語，文字書寫之中流露的是股閒閒悠悠的自在。那種隨意隨興而又隨時有新意泉湧不止的

意境，若非已將滿腹經論齟嚼消化得自然圓融，實在無以成就。

一次在報紙上讀到她的「陽台的人世風景」，寫到「陽台的好，就在若有若無之情狀，明明看得到街面，又不屬於街道，而站在坐在陽台上的人，既是觀眾又是表演者。而此刻坐在陽台咖啡店的我，覺得自己又在店裡又不在店裡。」禪味頗濃。自此這個名字就吸引著我，她的文章幾乎每一篇都不曾錯過。而越是讀得多，越是欣賞她的才情素養。

她的「浮生閒情」裡有一篇「忽然，在旅行中」，述說旅途中常會發生的恍惚錯覺，不知今夕何夕、身處何地的情緒。這份感受頗讓我心有戚戚。人生之始，樣樣都是新鮮又趣味橫生。待路程走得夠多夠遠，就常會恍惚著分不出眼前的際遇，究竟是前世還是今生，古今也混淆了。就某種角度來看，人生還真像在旅行之中。

「浮生閒情」除了文意雋永，使人回味無窮之外，細細讀來，並不見一般的文字花巧，卻不時有靈光閃現。她的文章裡語氣總是十分平和，沒有激越不平的尖銳，她的喜悅也不是眾聲喧嘩手舞足蹈的外在形態，她總是那麼悠然自得。可以感受到，她的思路是以一種自然流露的狀態在進行。靠的不是經營，而是經年累月愛讀書、且讀了不少好書的薰染之後，所凝鍊而成不慍不火的寫

作風格。

龍應台是說理高手，說得順暢流利、中氣十足。韓良露像是聊天
的朋友，聊得雍容又有氣度。平路是一位見義勇為的戰士，路見
不平總要義理相助。陳文茜自比是女巫轉世，所以總能呼喚著八
方風雨。

她們，猶如我窗外夏夜裡閃爍的星光，在仰望與低吟之間，在凝
眸與細讀之際，引領著我的思路與心情，遨遊於遼闊的夜空，可
以解愁忘憂，可以提昇性靈。

不論面向大海的時候，瞭望的能有多遠，也不在意人生是否真的
如寄，她們的沛然，她們的自在，她們的敢於捍衛、敢於突破，
都增添了生命的色彩與活力，豐富了生活裡或遠或近的風景。

34

這回獎落誰家

2016 年度的諾貝爾文學獎得主，是美國民歌手巴布狄倫，讓不少人跌破眼鏡。宣布至今，好多人都發表了一己之見。有人歡欣鼓舞，有人認為這樣等於諾貝爾文學獎少了一個真正寫文章的文人。主要的原因是認為巴布狄倫不過是一名歌手，不就是唱唱跳跳的那麼回事嗎？最多和娛樂圈相關，怎麼會和文學相關呢？這意思就是文學的內容是有深度有思維的，豈止於這麼浮面的表現手法而已？

這個看法一般而言，也沒什麼可非難的。因為多數流行音樂都走浮濫的調調，沒有太高的水準。然而也有的歌手寫起歌詞來內容蘊藉豐富，格調優雅，絕對不輸給所謂的正統文學。反過來說，也有不少自命為正統文人的，寫了些不成格調的文章，是不是仍然可以歸屬在文學之林呢？

詩與歌本來應是一體的兩面，所以詩多數押韻，也就是除了文字的描述之外，還得兼具聲韻之美。古詩和現代詩都是如此。因之好的詩可以唱，好的歌也就等於詩，對吧？總之，分類太嚴謹，是學術界的專長和嗜好，我的原則差不多就是如此了。這幾天報章對於這次巴布狄倫的得獎，所說的其中一句我最不欣賞，就是那「次文化」幾個字。什麼是次文化？相較之下就是低一級、次一等的意思？

而怎麼樣的文化應該被歸為次等級的？我想只不過它和當時學院派的用字、押韻和形式不同，與已然流行被用慣了的形體不一樣，因而不容易被接受，是不是這樣的因素很大？就說元曲吧，當年元曲純屬民間，所以在學院派（或說當權派）來說，它是庶民不登大雅之堂之作，自然而然就冒出粗俗淺薄的聯想。我們在中學的國文課本裡多少都讀過幾首元曲，應該可以約略感受到它用字的活潑生動吧？再說「詩經」，一向被推崇為中華文學裡早期民間最美的歌謠，而它的內容也好、用詞也好，都是當時民間習以為常近乎口語的用法。

難道說庶民的就必然是次等的？

再說西方圓舞曲這種音樂，而今荷蘭的名演奏家安德烈‧瑞歐在每一場演奏會中，都以圓舞曲為主軸，所到之處，不論歐洲、南北美全都所向披靡。然而在這種樂曲剛「出道」時，也因為和當時的宮廷音樂不合拍，所以被拒絕在宮廷演奏之外。

剛開始的排斥，純粹是一種不習慣而已。沒有什麼是「次文化」的區分。而今以上這些，全都歸入了「古典」之列，又怎麼說呢？別忘了，想當年我們這些庶民百姓，在王府貴族的眼中，可道道地地都屬於次等的人民咧。你認同嗎？

有些流行歌曲的歌詞，確實是有點粗糙，曾聽過一個名氣很響亮的歌手唱的一首歌，歌詞大意是他女朋友移情別戀或是離他而去，所以凡是之前他們相戀時留下的東西，他都要摔碎，對方的照片一張也不留，全都要撕爛，才能洩他心頭之怒。如果以實際情況而言，每個人失戀之後的反應，當然會依個人的脾性而各具特色，沒什麼行之天下而皆準的經典模式，但是有沒有氣度還是可以在字裡行間感受得到的。以至於化而為音樂、為歌詞，能不能具備美感和迴腸盪氣，也就十分明顯。所以次文化不應該以某個行業來作為評比對象，只能以個別的作品來判斷。

至於巴布狄倫的歌詞，單以那首「Blowing in the wind」來說就可以不朽。當時他的意願是反戰，兼且反對不人道以及不公不義，但是寫來卻氣韻悠悠，不帶半點火藥味，除第一段裡提到個 cannonballs 之外。整首歌意境深遠，讓人一唱再唱之下，不但盪氣迴腸，更可以感受到詞意的深厚和真摯。而它每一段的開始都以「How many ── 」開頭，不就是詩歌裡所謂的韻致了。我是先喜歡他的歌，然後才注意到他的人，否則還真要把他和寶貝達令搞混呢。兩個人年輕時的輪廓很像，也都長得斯斯文文，名字都以 B 和 D 開頭，迷糊如我，不弄混都難。現在把讀巴布狄倫的自傳，細看之下，兩人的神色其實相差還滿遠的。

對諾貝爾文學獎的得主以及他們的作品，我一向所知不多，但以

最近幾年得獎的名單來說，可能與我的興趣不符，好像都沒什麼太大的認同。之前讀過的一些，倒是相當精彩。當然，我雖主觀，卻也頗能體諒評審不易，每年有多少新作品出版，而諾貝爾獎得綜觀一位作家生平所有作品的好與不好，選拔的角度、重點，想要讓每個人都滿意稱心，相信難有一致的聲音。

然而巴布狄倫的得獎，卻是最讓我興奮也可說是最得我心的一次。他不是只有一首歌寫得好，幾乎每一首歌詞都美不勝收。就在宣布得獎的那天，知道現在有他的 CD 以及歌詞以單行本在美國發行，趕緊託朋友幫搶購一本來好好欣賞聆聽。

這兩天又有新聞，諾貝爾獎評審委員會對於巴布狄倫得獎卻不吭不嗯的沒半點回應，似乎頗不以為然，甚且多少有點惱怒，認為他根本不尊重這個獎項。巴布狄倫的回應也妙，他說他「真是意外到不知道該說什麼才好」。因為他的脾性一向如此，除了寫歌唱歌，話就不多。

其實既然認為他歌詞寫得有詩意、有哲理，夠得上這個獎的標準，發表出來就可以表明了有關方面的高度，他回不回應有什麼關係？最多關心一下他到時是不是會出席領獎就夠了。難道還非得要每個得獎人都即時吹捧外加歌功頌德一番不可？這倒多少顯得這些委員們的氣度還差了那麼一點。不過諾貝爾獎能夠揭竿選

出傳統之外的流行歌曲、詞作來得獎，眼界和勇氣已屬十分可嘉，不由得不對它另眼看待。

35

與古人有約

閒來無事，喜歡翻翻字帖，就說是讀帖吧，即使沒有真的拿起毛筆紙張書寫，但是欣賞的心情樂趣不減。手邊經常留著的自然不乏書聖王羲之、顏真卿、趙孟頫、懷素等這幾位大師的碑帖，其他如米芾、柳公權、董其昌的也有，他們每人的書體都各具特色，而且個性十分鮮明。

書法一道，在中華藝術裡的地位相當特殊。

一般而言，西方繪畫與之是最無以類比的。它雖像繪畫一樣可歸為造形藝術，但是本身就具有內涵意義，無論成篇或是單字書寫，都可讓人意會、引人美感。像「龍」這個字，一定可以書寫得如同飛躍在天的氣勢；而「舞」字，也必然可以讓人意會到翩翩之姿，這是由於中華文字本身的結構，就有象形的素質在內。

書法的欣賞有時似乎和欣賞風景的心情相通，和音樂的聆賞也頗相近，所謂的行雲流水，酣暢淋漓，越是寫得好的書法，對其運筆的靈動，欣賞時感覺上越是毫無阻滯，常像和書寫的人作了一趟心靈對話。至於內容，反倒是其次了。有時我們欣賞一幅狂草，實際上認不出幾個字，但那種龍飛鳳舞的運筆和線條，還是會給我們一份美的感受。而楷書、篆、隸和行草的書寫，可以說都能適度表現不同的繪畫跡象和心情。

有人的書法望之如高山巍威、令人仰止，有的就如江河奔流、氣象萬千。有的書法疾勁得似可橫掃千軍，有的又宛如小河淌水，錚錚琮琮地撫慰人心。其中顏真卿的書法給人的印象古樸厚重、穩如泰山，他的字我未必練得來，自認為沒有他那份沉穩的性情，但他的字卻是我最欣賞的。

字帖內容很多都是書家往日和家人朋友之間的書信，在讀帖的時候，可以想像當時他們的生活情形。即使都是古人，他們的形象也常在欣賞的同時盤桓心中，時空上即使已過千年，感覺似乎並不遙遠。

在一本「顏真卿行書習字帖」裡，居然有「拙於生事，舉家食粥來已數月，今又罄馨 — 」這樣的字句，在我第一次讀到時，簡直無法相信自己的眼睛，反覆多遍之後才不得不承認的確是在看顏真卿的書信碑帖。

禁不住想，究竟顏大書法家當時是出任什麼官職，竟然一窮二白到這個地步？驚疑不定的同時，眼淚差點滴下來。我最崇慕的顏真卿啊，當時你過的是什麼樣的日子，竟然要不止一次向朋友借米舉家食粥？你所效忠的那個朝廷怎麼對得起你？

翻了手邊資料終於清楚，他當年是有唐一朝的進士，官至戶部侍

郎、太子太師，曾出任平原郡太守，這樣的履經歷應該不差了吧？更何況安祿山造反時，攻陷河北二十四郡，只有平原郡因顏真卿力守而保住。可見他是位能文能武的全材。

以這樣的官位這樣的卓越表現，而生活居然到了全家食粥數月的地步，這個朝廷未免不仁，根本沒有照顧到它的大臣，當然就更不可能照顧到它的人民。我們的老祖宗仁義滿口，卻都是形而上的抽象理論，如果一談到現實，就不屑地認為格調不高，真是困死了那些奉公守法的真正好人。不免為古代的文人感到一種深沉的悲痛。

有時欣賞自己手邊的帖還嫌不夠，故宮就是欣賞書法最好、資料也最多的地方。而去故宮的路上，搭往淡水的紅線捷運，一鑽出圓山站，映入眼簾最觸目的就是曾經生活於其下的大屯山，左手邊遠遠的是觀音山的美景。那時刻突然領悟到「靠山」這兩個字的涵意。它是說在社會上有所依恃的勢力人脈，這一向不是我欣賞的為人處事態度，但是也在這時，才體會到用這兩個字的原因。山給人的感覺就是那麼聳然巍立，能夠承擔得了所有外加的推撞搖晃，給人最佳的安全感。我終於懂得靠山的意義，雖然和一般的解釋天差地別，一種是現實社會的，一種卻以真情為依歸。而大屯山還真是我精神上的依靠，也就是我心靈上的靠山。也讓我禁不住要聯想到顏真卿「穩如泰山」的書法。

當年客居新加坡，那裡是個迷你島國，全境只有平地和丘陵，高山是沒有的。我這個從小在大屯山腳下長大的人，對山的情感依賴十分根深柢固。每次自海外歸來，看到台北盆地四周隱約的層層山巒，真有說不出的興奮和懷念。似乎總希望把群山的姿影深深印上心田，然後到海外時才能常在夢裡攀爬登高，享受小時總是離山不遠的日子。

而在故宮的展覽廳裡，固然主要在欣賞古人的書法精華，但是故宮整體的氛圍，也是一份感染的力道。好像自己突然跳出了俗世的紛擾，跳出了生活中擺脫不了的庸碌，心情竟然那麼平坦如鏡，不起絲毫波瀾，安靜平和的與古人的神韻相通，體會他們可能的生活面向和精彩。上故宮，不只是看古代的書畫或器物展，也是一種放鬆和薰陶，時不時給心靈補充一點活水。

上回去故宮，正好展出「千字文」書法。原來千字文和「聖教序」一樣，也是集王羲之的字而成，而且是不重覆的一千個字。「千字文」相傳是 1500 多年前南朝梁武帝為教導諸子讀書，命人編寫而成，四字一句，內容兼及自然、社會、歷史、倫理等，成為當時兒童啟蒙教育的代表作。因其內容的豐富，後來又成為書法家競相書寫的好題材。其中有篆書、草書、楷書，我最欣賞的是智永和尚那份草書，自在自適、酣暢至極。而智永和尚竟然是王羲之的第七世孫。王羲之的兒子王獻之也是有名的書法家，一門

幾代都擅長書法，真正傳為美談。

在故宮還欣賞到鮮于樞的書法，十分俊挺。平時很少聽到這個名字，細看說明，才知道他和趙孟頫同是元代的大家，他們之間交情滿好，也同享文名。單看這個姓就可以猜到他不是漢人，而書法寫得如此神俊，就更讓人心生佩服。

乾隆和雍正的字，在「故宮文物」月刊裡都可見到，還有不少古代其他皇帝的手跡。以前的毛筆字就像現代人的原子筆一樣，是日常須用的工具，人人會寫，也人人必練，皇帝也不能免。更何況歷來都說字跡代表心性，沒人敢對它疏忽。

其中最出名的是宋徽宗的瘦金體，古往今來大約就以他這種書體最別出心裁。一般書法講究藏峰，就是起筆時把筆尖藏起來，給人圓潤敦厚之感。但是瘦金體卻特別將書寫時起承轉合的痕跡強化並保留下來。而且字形細瘦險勁，另具一種剛勁或柔媚的美感。如果他是一介平民，很可能在藝術上有不同凡響的造詣，可惜生在帝王之家，差點把國家都弄丟了，背上了千古罵名。可見榮華富也不是那麼值得羨慕的，能適合自己個性的才值得珍惜。

趙孟頫曾摹寫過不少王羲之的字，而且頗獲好評。但是若真的兩相並排，他的字就相對失色不少。其實他的字娟秀溫潤，小楷尤

然，可是不能放大，一放大就顯得氣勢不足。世界上有很多事務是不能互比的，硬要互比總難免傷了感情。

王羲之的字呈現出活躍的生命律動、帶有卓然不群的神采。雖然他的真跡不存，所留的摹本竟還能留下那份精神，原件是什麼樣的面貌就更讓我們有懷想的空間。

懷素的狂草，猶如音樂的演奏，節奏分明、意氣昂揚，整篇下來，完全有一氣呵成的勁道，這才是它最可稱道的地方。

說到鄭板橋（鄭燮），他的字有點怪，不同於一般，和他的畫作倒是同一氣韻。

至於書法裡的蘇東坡和詩詞中的蘇東坡，似有很大的距離。他的詩詞可謂盡人皆知，瀟灑甚至是飛揚的，像「赤壁懷古」裡那幾句「大江東去浪淘盡，千古風流人物——」，真是何等超越何等灑脫，與他的書法在格調上似乎南轅北轍，是兩種神采兩種個性的表現，倒是相當出我意料之外。他的書法似拙樸似憨鈍，一點不給你飄逸的趣味。也可能那就是他的本性，而詩詞裡的超然激越，其實是他後天的努力、廣闊的見聞和人生的歷練之後所交融鑄煉而成？

206

最後不得不說，欣賞是一回事，摹寫可又是另一回事。古往今來有多少人耗盡畢生之力摹寫王體、顏體，最後也不過就是像極了王羲之、像極了顏真卿，又如何？因此有人主張，練帖只須五分像，給字體立了個方圓規矩，另外一半該揉進自己的個性，那樣寫出來有自我的風格，才是練書法真正的趣味。

在今天這個電腦鍵盤輸入的時代，想當然書法已不合時宜，失去了它古昔必學必用的優勢。什麼藝術想要拔尖，都得有一大票人玩才可能有出類拔粹的成就。如今只靠極少數的藝術家和愛好者來鑽研琢磨，就想和古昔的書法水準等量齊觀，甚至超越勝出，除非另闢蹊徑，否則無論如何都難成氣候。

說到「另闢蹊徑」，可能的現象就是會有千奇百怪的各種花樣出現，在這個電子當道大轉變的關口，今人對書法的態度可以寬容大度一點，盡量容納各流各派甚至各種古怪。「時間」會是一把最無情也最公正的篩漏，為一切新興的、創意的東西作沙漏式的篩檢。

36

文臣與武將。蘇東坡 vs. 岳飛

岳飛與蘇東坡，一為武將一為文臣，都是文采閃爍於古代文壇的不朽代表人物。由於他們文采風流，是以其作品都曾被拿來譜曲。很多時候，高歌一曲的快意遠遠勝過搖頭擺腦的吟哦之樂。音樂的節奏加強了詩詞的韻律和聲勢，增添了另一層次賞心悅性的趣味。

據我所知，岳飛的「滿江紅」即有兩種曲調版本。

每當唱起「滿江紅」或「大江東去」這兩首歌時，這文武二人各自遣詞用字時的精神，配上表達於曲調音符裡的酣暢激昂或雋永洒脫，再經由歌聲的或高亢或悠揚，可以深刻體會、欣賞二人完全不同的美感經驗。讓我不得不驚歎於文臣武將的個性、修為和氣勢，竟然會有如此的天差地別。

「滿江紅」裡的「壯志飢餐胡虜肉，笑談渴飲匈奴血」，真是刀刀見骨的強勢揮砍，充沛著何等剛強與仇恨的張力；而在東坡「大江東去」的詞意中，卻道出「羽扇綸巾，談笑間、強虜灰飛煙滅」，於殲敵一事，只是十分虛幻的、想像的，不須著力即已事竟其功。十分明白地顯示這文武二人，在實際戰爭與戰場的距離都是不可以道理計的。

他們二人均生活於宋朝，岳飛對敵的是金兵，東坡的詞意則是遙

想三國。

岳飛的用詞強烈血腥，顯示他身在第一線的實戰場，若沒有鐵血意志，又哪能敗敵且使之聞風喪膽？武將的嘶聲怒吼，不由得你不驚心動魄，所以他用詞雖血腥但可體諒。當然，對一個生活在現代平靜都會裡的人而言，必然十分震撼於那種洒熱血拋頭顱古戰場的嘶殺勁力。

即使現代的戰爭影片所描述的近代戰爭，也不過是槍砲聲不絕於耳而已，兵士們未必都秉有那種巨人的氣勢。所以古代戰爭，無論東方西方，所謳歌的戰爭英雄及其事蹟，必定比現代的戰爭場面令人戰慄，也更讓人精神抖擻、熱血沸騰。

而文臣蘇東坡的「強虜灰飛煙滅」，竟不聞絲毫殺伐之聲，不沾一滴血腥之氣，一場戰爭可以化為一陣輕風、一股歎息，而只有輕靈的虛擬之美，留給讀者無限想像的空間。倒是詞中那把羽扇和江上的清風明月所延伸的意境，在視覺和心理上都橫溢奔放得猶如行雲流水，不亞於光燦刀槍的搶眼，甚而更來得姿彩出眾。

由唱歌進而體會古代文臣武將對戰爭的不同描述和感受，看來，我似乎唱得十分投入。平時僅僅俯案吟誦的詞意，此時好像更能心領神會，盡致淋漓，快意的感染也就更上層樓。

37

絕美之城

「絕美之城」，義大利與法國合拍的片子，名副其實，每一個鏡頭都絕美之至。全片以大寫意的手筆，掌握了羅馬的各個面向和氣氛，而細節與人性部份，更是表現得盡致淋漓。

原先認為，如果去義大利旅遊，威尼斯、米蘭、翡冷翠都不容錯過，至於羅馬，已淪為觀光客的朝聖之地，煩雜喧鬧。那些古羅馬帝國遺留下來的斷桓殘柱、架高的通水渠道、大競技場，僅只照片也看夠了。總讓人聯想到古羅馬戰爭的齊整軍容、萬眾喧騰的鬥技比狠。好像再也沒什麼新鮮的景象可以一新耳目了。

豈料在這部義大利人自己拍攝的影片裡，竟然拍出另一個氛圍的羅馬城。靜穆深遠，連帶也拍出了建築物深藏隱秘在時光之流裡的不朽靈魂。

而且主角的寓所就在大競技場對面的頂樓。

鏡頭一開始，引領著觀眾感受古城的靜謐氣息，它的古教堂高聳卻泰然肅穆。教堂邊的小巷，從圍欄的空隙處，邊開逛邊瀏覽的主角，正瞥見修道院內的一角，一群衣袂飄飄的小小修女，在庭院裡東奔西跑，宛如翔飛中驟起乍落的好奇小鳥。夜晚沒有遊客的街道上，亮著昏黃的街燈，安靜得完全不像羅馬給人既定印象裡的車水馬龍。

台伯河悠悠流過，那堤岸以及堤岸上的景致，竟然比巴黎風華萬種的塞納河，更能顯露出層層疊疊的幽深，也更富於時光流逝的款款波痕，因此更能引人興起思古的情懷。

兩相比較，塞納河的流向，幾乎算是清朗的一以貫之，猶如路易十四一聲令下，河水河道就那麼順從地迤邐而行；而台伯河一彎三拐，象徵著義大利更加悠遠的史蹟迴轉。也引人聯想，古早時期的凱撒、安東尼和渥大維，在羅馬分節分段多彩跌盪的史實餘沫和高潮迭起。那些堤岸和橋樑，彼此的依附之間，斑駁的歲月留痕，屯積著這個城市不滅的玄奇和歷史。

在這樣安靜古雅的大環境裡，主角位於頂樓寓所的陽台上，夜裡卻時不時就舉辦著燈光燦亮、華麗炫目的派對，集所有羅馬城的風騷人物以及熾烈的慾念於一爐。醇酒美人，互相揉搓撩撥發酵，好讓古城裡傳統以來的奢華富裕、人文風采都得以延續。只不過外表的裝束不同於古羅馬的那種披掛而已。

男主角傑普已年屆 65，年輕時寫過一本名利雙收的小說，此後就沉迷在羅馬城的風花雪月之中，玩樂的事都不至置身在外。他每回出場，衣著總是體面妥貼，配置得無懈可擊，既精緻又優雅，連鞋和襪都拍得明顯，好讓觀眾細數他花花公子品味的奢靡。

他說，他在羅馬城不但參與了所有的高級宴會，還主宰著宴會的成功與否。因為他是一個資深玩家，看盡了羅馬城中，貫穿今古的傳統世家、新進權貴各種欲蓋彌彰的慾念橫流。連他自己在內，沒有哪個人還有純真的心境。都在擺譜，都在偽裝，雖然彼此都不正面戳破，可都心知肚明。如果惹得有人不順眼了，隨便唸唸都是故事，瞬間就會讓對方的臉掛不住。

那樣的社交，是否就是一種內在寂寞的迴響，因為不能靜下來面對自我？不止一次，主角一個人在家中獨酌或躺在床上發呆，腦袋似乎空空，心情也無所附著，只有等待宴會的時刻，再一次在其中顛狂，或是冷眼別人的顛狂。

夜夜笙歌的循環，讓男主角靜不下心來寫作，他真是太忙了。

如果相較於「忠於自己靈魂的人」的尺度，別說忠誠，他們是否根本就沒有忠誠可以依附的那個靈魂？如果浮士德真可以與魔鬼交易，他們就是以生命和靈魂換取了情慾的一時償張。所有的人都明目張膽地毫不隱諱，當然沒有誰會嘲笑誰，但也沒有誰內心不在鄙視誰。

間中不乏穿插著如神話故事的場景，像神醫的普渡眾生、像安排了如同活傀儡的聖人出現、像傑普和幾個人在昏暗的夜色裡，打

開了豪華古宅裡重重的門鎖，欣賞到沒有燈火之下一屋子的古畫雕塑，還配置著幾個似古董般的古裝公主在裡面玩牌。氣氛固然詭異，但是對最內裡最深遂的羅馬城而言，古今又哪須有什麼分野與界限？時光本身就是可以穿梭來回的，昨天的浮華情慾和今天的，難道會有什麼不同的象限？

傑普這個角色選得適當，雖然有了年紀，但是眼角眉梢，都是善解風情的篤定和練達，世上的人於他已沒什麼新鮮事，除了以上過床沒有來分類。主角演來老神在在、自然瀟洒。與李奧納多在「華爾街之狼」裡賣命享受感官刺激的那份激越，氣韻上還真有天壤之別。

影片中間，夜夜笙歌的同一個陽台，可以俯瞰的角度，看到鄰近修女院的花園裡，修女與孩童們的追逐嬉鬧。或是傑普腦海中閃現他自己 18 歲時那段初戀的純情，回味曾經的纖毫不沾，卻能把記憶占滿。

片尾銀幕上綿延著台伯河的風光，背景音樂緩和輕柔，只有幾個單純的音符和節拍一再重複。人生，其實未必須要那麼多濃豔的塗抹，悠悠河水流過，時間與生命都可以緩緩輕輕，在絕美之城羅馬，或世上任哪個蜿蜒的河岸和街巷。

38

微笑彩俑

這個展覽是歷史博物館與聯合報系一起主辦的，早有過不少的報導，一般人對它多少都有些印象了。它之所以能掀起如此家喻戶曉的波瀾，宣導成功固然是原因之一，主要還在於彩俑的面帶微笑，以及它們竟然都是裸體出現。這在中華文物史上簡直是件絕無僅有也不可思議的奇事。

親臨展覽現場面對那些彩俑，尤其相較於以前看過的秦代兵馬俑，氣氛和心情相當兩極。秦朝的兵馬俑給人雄偉強悍的印象，但難免有股肅殺之氣，我們不得不承認有秦一代，的確可以盡顯秦始皇一統宇內六國那份壯志雄心的氣慨。而眼前這些體積比例上只有秦俑四、五分之一大小的漢代彩俑，對觀賞者而言，心理上一點緊繃的感覺都沒有。秦俑和漢俑都是古帝王的陪葬品，然而一個是劍拔弩張，一個卻微笑以待，這兩位帝王的個性和作風，於其陪葬物的風格上，也明顯的天差地別。

館內有一個角落把那些裸體的彩俑堆疊在一起，因為它們體積細小，竟給人布袋戲偶的錯覺。也可以說，他們的形象就是純粹民間的普羅大眾，沒有嬌氣也沒有貴氣。或許也就印證了史書上所說的，文景時期絕對樸素的生活氣息。

有些彩俑是一排排站立的，讓觀賞者可以前後左右的從各個方位研究它們的身形和雕刻者的匠心。它們全都那麼平板，既無胸肌

也無臀圍，身軀部份就是一塊扁平的長方形，以我慣於欣賞西方健美又講求比例的審美觀點來看，還真是驚異於那個時代把人體作如此的簡化，也或許這真是一種寫實版？當時東方人一般的體形真會是這樣的嗎？

雖然男俑的性器是表現出來了、宦官的差異也很清楚、女性的胸部也沒省略。但是相較於西方遠自希臘、羅馬以來那種崇尚健碩玲瓏的美感，還真是十分另類。

作家張小虹曾引述當代法國漢學家余蓮的「本質或裸體」一書來解釋這種差異：「為何中國藝術沒有裸體繪畫或雕塑？答案是 ─ 西方的『形式美學』視裸體為抽象理念的具現，而東方的『能量美學』卻將身體化為氣韻生動的衣飾。因而在畫家波提切利『維納斯的誕生』中的女神，赤身裸體、玲瓏有致；而在顧愷之的『洛神賦』中的神女，卻只能『髣髴兮若輕雲之蔽月，飄颻兮若流風之迴雪』般大化流行」。東西方審美的心態和尺度，自古即是兩套不同的標準。

至於為什麼會有裸體彩俑的出現？其實它們原先都是穿著絲質或皮革衣服的，只因年代久遠，那些絲料和皮革都已腐朽風化，連用木頭所雕的手臂和手都已經腐化，只剩下陶質的軀幹部份仍能保持良好，所以都成了沒有衣服蔽體的彩俑，如此而已。

這些彩俑最引人注目又引人好感的，是面部那種閒適自然的微笑。人類的笑容和心情應是古今一致的，因此大家都同意，漢景帝時期，人民的生活應當都能安和樂利，才能有這樣平和滿足的情緒表情。或說，漢景帝的為政目的，就是希望人民能夠有這樣的心境。

展覽的內容還有縮小尺寸的兵器，因為漢景帝和秦始皇一樣也要有他的地下衛隊來保護。其中還有女騎士，爽颯威風，是古代出土雕塑裡難得一見的類型。另外還有些日用的器具、有刻字的瓦當。這種種對於史蹟的考證，都是價值非凡的寶物。

以雕塑的精緻度來說，其中的家畜類相當寫實精準，數量也多。記者周美惠將其中的馬匹拿來和唐朝的作過比較：「當時漢朝的馬只算是一種家畜，跟農業文化息息相關；而唐馬是飛揚跋扈的戰馬，表現帝國在戰爭中的開疆拓土，也跟貴族文化結合」。即使和秦朝兵馬俑裡的戰馬相較，漢馬也一樣是老實莊稼的氣息。所以我說，這些漢景帝時期的彩俑，無論人物和動物都不沾一點嬌氣和貴氣。

蔣勳表示：「這些彩俑柔和的身段和動作，是相對於秦俑那種刀刻一般直線條堅強的表現。這種退讓、謙遜、內斂、柔軟的身體美學，不僅影響中國二千年文化，甚至擴及鄰近的日、韓等國，

成為東方人共同的身體美學。 — 曲線的婉轉是漢代留給後代的文化資產，象徵多元而包容」。蔣勳是現在台灣頗受歡迎的美學大師，他的觀點總是那麼周全、淳厚又深情款款，我一向十分欣賞。

在對待過往的美術、史蹟或其代表的精神上，我們可以抱持著最寬容大度欣悅的觀賞心態，但是如果要把這種美感無止境地沿續下去，就有點不太適宜了。如同清末民初，一窩風的崇尚林黛玉的病態美，女子若此，就能得到憐香惜玉的關愛。但是長期下來，實在有傷民族之本。也就是說，過於退讓內斂的身體美學，已不適用於當今的時代。

歷史古物的欣賞是一回事，實際的現代民生可又是另一回事，「多元而包容」只能是心理層面的，或說是面向世界的心態和氣宇。在實質的生活層面，我寧願看到我們這個時代的年輕人健美活躍，只要在氣質上能夠彬彬有禮、進退有度。此外，就盡可能像唐時人物那樣神采飛揚，女孩都猶如東方的維納斯，男孩都猶如東方的阿波羅，豈不更能盡顯現代的氣韻和風采？

39

「曠世風華」所引起的感慨

「趙宋三百年社稷，臨到曲終人散時，出了一個文天祥這樣的人物也該知足了。 真正的英雄都負有承先啟後的使命，上蒼把文天祥賜給宋朝，讓他引導一個草原民族在文化上進入南方。 」

以上是「曠世風華」書中的一段，夏堅勇著，又名「大運河傳」。

其書中所述及的「曲終人散」的觀念與概想，很引起我一些感慨。

即便是一個朝代動輒數百、甚至上千年，身處當時，大約都是懷著千秋萬世永不會改變的心情看待的吧？而在時光的長流裡，它竟也不過那麼短短一截，有開始也有終結，沒什麼千秋萬世那種恆久的可能。以後世的眼光視之，竟然猶如短短的一齣戲，到該結束的時候就結束，該下台的時候就下台，沒什麼例外。看戲嘛，等而閒之，今天看這齣，明天可以選另一齣，無須過於執著。到了曲終人散， bye bye ，還有別的事要忙乎呢。

這是不是讀歷史時的無奈與蒼涼？每一個朝代之始，不都是鐵馬金槍，血流成河而後才成立？逃不過的定律卻是每個朝代都必然的虎頭蛇尾，被另一個勇者或智者所取代。

這些史蹟中的開創者多數都豪氣干雲,值得後世的讚嘆與欽佩。
然而他們那份家天下的心思,則多少有損其氣度。當然,若說人
不為己實在有點過於標高,與真實的人性不符。但是英雄之所以
為英雄,自當有不同於一般凡夫俗子的識見與氣慨。然而,古往
今來,能有幾個英雄人物有這份擔代與能耐?終究不免也落入凡
夫俗子的框架之中。換個阿斗的說法,豈不也是英雄與庶民所見
略同而已?

作為一個人,有沒有可能不想其他,只盡一己之力扮演好自己的
角色,無論他是在哪一個範疇領域、從事哪一種行業。在行進的
當時,全心全力,在該撒手的時刻,瀟灑離開。

我想,應當有可能,只要這個範疇,這個行業不沾染上權力及利
益。話說回來,不沾染權力利益的行業能有多少?政治是千古同
調,今日的是昨日的非,反正牽扯多了連英雄也會氣短。

其他的,藝術創作在理論上應該比較單純。一個藝術家的狂熱應
會促使他盡心盡力尋求其自認的完美。而這份完美的尋求未必能
有特定的接棒人。因之藝術家燃燒發揮一己的才華時,是盡其在
我,完全專注於扮演自己的角色。這種能耐與才華在更宏觀的視
野與史觀中,是否比疆場上的英雄和開國的君王更加值得尊重並
珍惜呢?

這個問題是否頗值得思考？而在不同的時代，相信會有不同的考量標準及答案。古代的藝術也好，藝術家也好，再怎麼不世出的才華，最幸運的不過是帝王的寵臣，為他華麗的殿廊增添一點浪漫的色彩與氛圍。像李白還能贏得當紅大太監為他研墨脫靴，算是最意氣風發的了，歷史上還有哪個心高氣傲的才子曾在皇帝的殿堂上，比他更恣肆更為所欲為？

但時至今日，君王體制不再，民主憲政上演，英雄與藝術家幾乎可以名位相當，無分軒輊。英雄有人前呼後擁的愛戴，藝術家也有人讚賞甚至為之瘋狂，各有各的舞台，各有各的主題，全沒隸屬的必要。所以兩者都能盡其在我，將個人內在的精華盡量發揮，讓自我處身的時代廣被其光彩。

然而展現藝術的秉賦與特質不是想留給誰就能留給誰的，正如在民主時代權勢也未必就能世襲一樣。因之英雄也好，藝術家也好，平常人也好，都只有燃燒自己的熱忱，發揮自己的優質，扮演好自己的角色，庶幾不辜負一世為人。這原該是一個人活在世上最好也最值得的本質與精神。

民主的演進，不是靠歷代帝王或英雄的自覺所賜予，而是靠平民百姓勇敢的自覺與爭取。只有在這樣的制度與精神下，人才有機會實踐自尊與自愛，並盡一己之所能，真正生活在他所處的世界

之中時代之內，體會作為人的意味。人生因而不再只是觀賞一齣齣台戲的流水席，任它幕開幕落，上演的主題永遠事不關己。

若如此不強調英雄，而強調自我，是否「曲終人散」的韻味和意義，會稍有別於以往某段歷史的灰暗與無奈呢？

40

也說書店

多年前朋友介紹了一家書店「若水堂」，名字看來別致，滿有流水琤琮的意趣。位於新生南路台大對面，既然鄰近最高學府，想來大約也頗有可觀吧，忍不住找了一天特意去逛逛。

它隔壁的樓下竟然就是誠品，當時沒進去轉轉，回想起來頗覺可惜。應該進去了解一下，誠品開在大學旁邊會是以什麼樣的姿態出現？和敦南以及信義旗艦店的氣氛、裝潢，有沒有一貫相通？或是僅僅著重在賣書的商業氣息？去買書的學生又是個什麼樣的態度？不過誠品在很多地方都開店，每家都要去研究探討一番可就得費不少功夫了。

「若水堂」不止台北一家，全台開了不少分店，以賣簡體書為主要業務，書種相當齊全，一向吸引不少人去找些特殊的書種，像建築結構、中醫或哲學之類。看新聞報導，在台經營了 18 年的「若水堂」，2020 年 9 月全面熄燈。現在網路訂書越來越方便，可能多少影響到營業的利潤？雖然我也只不過去過那麼一次，還是禁不住有點惋惜。

我去的這家，店租應該不算貴，入口在大樓側面巷子裡，只有一部電梯上下。上二樓一進門，就面對著名副其實全是書的場面，除了給人留下夠寬的走道選書之外，一眼望去，整個室內空間蜿蜒曲折的都是最簡單不過的書架，排得滿滿的。沖鼻而來濃濃的

一股味道，或許就是前人所說的「書香」？

那裡書架排列的方式除了實用，就是昭然若揭地宣示「我這裡就是賣書，你來，就是買書人，別無其他。」還須要什麼額外的裝點？若不真是為選書找書而來，實在也沒人有待下去的意願，書店本身也不準備以任何方式引誘來人停留。讓我不自覺的想，這真有點像古早時期農村的婚嫁，就是為了娶媳婦，單刀直入，哪像都會裡還興什麼談戀愛之類的前戲？最後不也就是那麼回事，所以之前的什麼花俏都是可免則免。

這種氛圍，還真坦率得讓我一時有點不太適應。看來這些日子是被敦南誠品和信義誠品給寵壞了，到書店的目的，未必就是為某一本書那麼簡單，而是生活中的一點放鬆和尋求那麼一份寧謐自在。好像身處在同為愛書人的摩肩擦踵之間，甚而只是偶爾不經意的眼神交錯，瞬間就可覓得雖不相識卻又互為愛書知己的微妙感應。至於它所附設的咖啡廳，當你在喝咖啡或喝茶的當下，很有身在百花之中薰染的舒爽，為日常行色匆匆的生活來點穩定的力量。那份無以名之的感覺，在街上、在百貨公司的空間，都無以感受，不論那裡的裝點如何燦亮、時興或雅致。

其實以往在整個新加坡，除了後起之秀的那間美國連鎖書店「穀倉」之外，不都是標榜這種「我就只賣書」的調調？可那家後起

之秀即使在美國本土也撐不下去而整個倒店。誠品能夠一家接一家在各地開店經營，應有獨到的手法？雖然重慶南路的金石堂後來也加上了窗邊咖啡座，最後還是提早收攤，原因是什麼不得而知。在我個人而言，不想爬樓梯才不得不少去光顧，當然不會是它熄燈的原因。紙本書正日漸步上沒落的夕陽大道，由電子書取而代之，或許才是最根本的因由。

目前國內外還是有很多獨立小書店存在，似乎也都經營得活色生香。好像各有各的看家本領，有些偏好某個專題，有些專賣二手書或已難再見到的絕版書。也有的書店一次只擺放 100 本，賣出多少，補進多少。吸引愛書人每星期必逛它一次，順便看它是否真的補換了新書。

國外也有人，只因為整個城鎮一間書店都沒有，就敢敢地為當地文化點燈而開上一家又一家各具特別主題的二手書店。店主除了自己愛書，還具備超人一等的熱忱和勇氣，把書店的存在看成一種使命感和文化內涵有無的標竿。書店吸引了世界各地的書迷，生意好自然不在話下。但能賣出多少，大約也不是店主最在意的事情。

儘管誠品上半年已關了 6 家店，但敦南誠品關店最後一晚，很多人到現場「送別」，陳文茜還特地唱了這首歌，只是把開頭改成

「誠品外，街道邊」，適情適景。可我還是覺得建商和地主差勁，把幾乎市中心這麼一塊人文匯萃的所在一筆抹掉，為什麼不能在新建大樓裡留兩層讓誠品繼續匯聚人潮？不也可以給不管將做什麼用的新大樓作個招攬？除非誠品沒那個意願。

反正阿拉不是生意人，想什麼都天真，容易偏向自己單方面的設想和興趣。然而把信義旗艦店改成 24 小時營業，地點上是否適合？那裡一向不都是帥哥辣妹夜遊開趴的熱門地點，會有人改行逛書店？

以後如果電子書大行其道，不須庫存也無須展示空間，同時又廣受年輕世代喜愛，那這些紙本書店又該何去何從？在我們華文世界，由於字體本身有象形、形聲等原素影響，可能對紙本書會比西方多點珍惜。除非在旅行途中圖個攜帶方便，才不至對電子書完全排斥。

聯合晚報也在 6 月 2 日停刊，和敦南誠品一樣經歷了 30 年寒暑，撐不下去了。可見紙本讀物的漸次沒落，而電子讀物真是方興未艾的逐日成長嗎？那也算是世代交替。也可能是沒落的歸沒落，而另一方卻未必成長，那就是閱讀的人口在遞減，電視電腦手機的影音在逐日替代了傳統的閱讀，可以不須用腦就有現成的音色呈現，豈不方便？人類開始變得被動，是一群甘於被人控制左右

的族類，只不過自認為有選擇與決定的主導力而已。

就像有調查顯示，未來 10 年即將沒落的行業一樣，在業的人不趕緊琵琶別抱，到時肯定被甩得不知所以，因為那些行業都會日漸被機器人所取代。在整體人類進化史上算好消息還是壞消息？不捨是必然，但替換也一樣是必然。從人類第一次工業革命之後，機器在生活之中的重要性日增，沒有回頭的餘地。唯有發明和創作，才是人腦所可專擅的，但是如果機器人會自動進化又該怎麼辦？啊！離題太遠，就先別操心吧。看電影「雲端情人」，連情人都可以被電子取代，那還有什麼是不可被取代的？人類的未來可能就像今天我們所飼養的寵物，什麼都不須操心，全都被餵養的肥胖可愛，除了不具大腦，已經有卡通影片「瓦力」把它表現得面面俱到。

是否之後的紙本書得猶如古董珍品一樣，封面包裝上得特意別出新裁，以別於電子書之外，還會讓愛書人更加珍之惜之，回返到古代手抄本那種罕有狀況，才比較有生存競爭的空間？雖然目前台灣大部份的讀者還是緊抱紙本書不放，鍾愛有加，但時代的腳步卻是向另一個方位走的，奈何。說我老頑固？大約有那麼點，能抵得住大勢所趨嗎？

霍金之夜

天文物理學家霍金於 3 月 14 日過世，享年 76 歲，自他 21 歲罹患漸凍症至今，比醫生預測的多活了 50 多個年頭，可算是人間一個奇蹟。這 50 多年來，霍金對物理、天文都有過諸多貢獻，被稱道與牛頓、愛因斯坦一脈相承，甚至有人說他是愛因思坦轉世。但他自己說，愛因思坦在世時他已經 13 歲，轉世之說雖不成立，但他被譽為當今最聰明的腦袋，想來沒有人會反對。

星期天晚上，「發現頻道」從 8 點開始，連續 5 個小時播放 5 段影片，詳述霍金的理念和想法，來紀念這位堅強不屈的生命鬥士。其實對天文或物理，我全都一竅不通，但是為了表達對霍金的尊重，也不管播到節目後半，已經睏得不得了還是堅持把它看完。自己對外太空的種種一向十分嚮往，興味濃厚，詩作裡幾次三番加入隱藏著無盡神秘夐渺空間和時間的外太空題材。大約就是這些原因，讓我這個對天文物理都一竅不通的人，對霍金的生平倒是十分注意。當然，前幾年有部以霍金為題材的電影「愛的萬物論」，也讓人對霍金生平多了些認識。男主角對霍金生平的栩栩詮釋，演來連霍金本人都感動不已。

霍金說，所謂的宇宙，不只我們所知、所身處的這一個而已，除此之外還有無數的宇宙，數量可能多過天上的繁星，這真是驚人的揭曉。影片上可以看到太空裡星星之多，簡直到了密密麻麻的程度，然而霍金說，即使如此也絕對用不上「擁擠」兩個字來形

容。宇宙組成的三要素是物質、能量和空間，而這個空間就是遼闊的太空，它是完全沒有邊界的。

外太空既然如此遼無邊際，他據此忖測，很可能會有外星生物存在。只不過他們所顯現的形象，未必是我們一廂情願所想的，與人類那麼近似的有兩條腿、兩隻手，因為他們必須適應他們自己所處身星球的條件來生活、來行動。他們可能外形有如水母或章魚，有伸縮自如細長的手腳；也可能像巨大的怪獸，有腿腳可以在陸地上行走，完全要看他們所在星球的條件來決定他們的長相。

他們可能每時每刻都在極度寒冷的華氏零下兩三百度低溫裡悠遊得很自在，而那種環境人類只有當場暴斃的份。也可能他們所須的基本生活條件不是氧也不是水，而是其他氫之類的元素。他們也有可能只生活在他們星球的內裡核心，根本不知道那個星球之外還有什麼？所以一向所說的外星人襲地球，可能有點杞人憂天。而若是真有這麼一個先進的外星族群，能夠有設備完善的太空船來去自如，那他們必定會大量製造，也到處遠征。所以霍金置疑那些所謂的外星人綁架落單地球人的說法，因為外星人既有那麼先進的科技，這種綁架就沒什麼意義可言了。

而地球之所以可能提早完蛋，根本的原因還在於人類自己對它的

摧殘。或許霍金接觸到實際的人們怎麼生活之後,晚近改變了他
之前所說的「別去招惹外星人」或是過度熱衷探索外太空的說
法,轉而預言,可能就在未來的 100 年之內,地球就再也不適合
人類居住生存,人類必須盡可能加快外移的速度。

當然,這也就是一家之言,信不信、聽不聽,都看我們地球人自
己。也可能哪天又有個天才出現,突然發明了什麼好東西,而竟
然將地球上目前的惡劣環境來個大逆轉?到時什麼好的壞的,全
都來個 180 度大轉向?天才會在什麼時候出現,可是誰也無法預
料的。

然而根據霍金得意門生所寫「別管黑洞了,跟著霍金上太空!」
那本書的說法,天文學界認為我們這個以太陽為中心的小宇宙,
再過 50 億年之後,中心的太陽就會爆炸毀滅,那麼圍繞著它運
行的這些小星球,該會是什麼樣的命運,好像也就不言自明了。
雖然以物質不滅理論來說,所爆炸的星塵可能再次組合成另一群
新星也說不定。而 50 億年的時光該有多長啊?簡直就無法想像。
如果人類不過分摧殘地球,移居外太空的夢想應該是有足夠的時
間來做準備。而這個超長時間的預想,是不是讓至尊的人類也有
如蜉蝣一般微小的那種感受呢?

霍金說宇宙在「大爆炸」之前可能什麼都沒有,甚至沒有時間的

存在，而在大爆炸之後，才出現了時間這個因素。看到這一點，我尚無法跳出一直所遵循的想像框限。在我的意念中，時間是空無一物完全抽象的，沒有什麼限制得了，人世一天 24 小時的觀念，也不過歐洲當年以貿易須求所制定的，當然也不會有始與終的分別。但即使像我這樣的外行人，也約略知道，在遙遠的外太空，時間的速度正如霍金所說是會改變的，比地球上的幾乎慢了一半。

而且霍金說，時間不可能逆轉，那樣會打亂整個自然界的規則。時間只有「回到未來」的可能。那是什麼意思呢？由於地球和外太空時間的不同，如果有人離開地球上了外太空，等他回到地球的時候，就等於是回到了地球的未來。他打趣地說，如果時間可以逆轉回到過去，他一定要見見他心目中的偶像伽利略、哥白尼和牛頓，當然也想一瞻瑪麗蓮夢露的風采。

電影「星際效應」裡，已經把不少像這樣的天文物理知識包含進去，以淺顯的方式傳達給電影觀眾。主角麥康納從外太空回來時，年齡照地球的算法已經是 124 歲高齡，但外表幾乎和他離開地球時一模一樣，可是當年他年幼的女兒已是兒孫滿堂的老婆婆了。看來這多少都給不知所以的一般人有了一點心理準備，雖然只是皮毛無能深究。

霍金是以物理學來推衍之前與之後的世界，而這個「世界」是無數個宇宙的總和，並不只是地球這個單一的世界而已。他說人類科學最重要的是要探索一切的起源，這個也有部電影「普羅米修斯」，就是在探討並追尋人類起源的問題。而據我所知，霍金之前曾經警告世人，不要那麼熱衷去尋求起源，以免落入不幸的遭遇。之後他又改變了論調？這也可以看出來，霍金自己的理論是時時在作調整的，他不會固執己見，這點不論是誰，應該都是非常可取的特性。

影片時不時會將鏡頭轉回到霍金的特寫，尤其是聚焦在他的眼睛。雖然長期的殘疾讓他身體輪廓都變形得厲害，但他的眼神始終清澈明亮，即使不言不語，智慧的光影總能讓人深切領會。偶爾他會稍稍抬抬眉毛，好像和人談話聊天的時候說著：「你說對不對啊？」那樣的神情，每次看到他這小小的、也可能就是僅有保留得了的臉部動作，總難免不讓我心情激動。

霍金又說，在重物的旁邊，時間就會比較緩慢。他舉金字塔為例，在那裡，時間就比其他地方稍慢一點。這讓我在看影片的當下不免突發奇想，如果我們想要長生不老，或是希望老得慢一點，是否移居到金字塔邊沿生活最好？

霍金說他最新的一本著作裡，明白的質疑了神的存在，因而觸怒

了宗教界，等於犯了天條。但也幽默地說，他之所以一生慘遭坐輪椅度過，說不定就是得罪了上面的哪一位？他也宣布哲學已死，一切都以科學來獨撐整個宇宙和其中生物的生存。一切的存在和發生，都是物理的自然現象，別無其他。

他舉了個日蝕的故事為例，當年在北歐神話裡，威京人把日蝕看作是一個北歐的神祇把太陽吞掉了，但是威京人很勇敢，大家一道怒吼叫嘯，終於又讓這名神祇將太陽吐了出來，於是乎他們生存的世界就此又恢復了原樣。這是北歐威京民族的特性，在那麼酷寒的環境裡，一向都能勇敢面對一切的不順和挑戰。然而那日蝕實際上絕不是神的問題，而是自然現象而已。

在看霍金對這個問題質疑的同時，我認為宗教界雖然很聰明的附會了很多自然現象，全都以神蹟來解釋，其實那才是它最不可取的地方。但是宗教也的確能夠撫慰人心，以這個因素和功能而言，宗教信仰也不是什麼壞事，只不過千萬別什麼都宗教掛帥就好。畢竟這個世界聰明才智之士和天才的人數，遠遠落於蠢蠢凡愚之下，這是絕對無法否認的事實。而一般人對於人生無以控制的各種悲痛遭遇，該如何面對、如何處理？相信宗教或多或少都能給人們一些適當的撫慰和自處之道。

從這個連續 5 小時的連播節目中，開擴了我自己對太空的想法，

雖然以我的外行只能略略領會少少一些而已,但也心滿意足。很希望有機會再次看到播出,我一定樂意再次捧場,盡量多領會一些些一點點。但是千萬別再一次連續播放 5 個小時,好累人。想來這次是為了紀念霍金,算是名副其實的「霍金之夜」,說什麼也就都值得了。

霍金是幸運的,雖說大半生都在輪椅上度過,可他有幸生於這樣一個時代,有這麼細膩的科學技術可以幫助他在不能言語的情況下,還能透過電腦來表達他的所思所想、發表演說、出版著作。霍金自稱是物理學家、天文學家、同時也是一個夢想家,這正合了我平日的想像,一直以來,我都認為天文學家最接近夢想家的境地。我們也是幸運的,從霍金的理念和想法裡,擴展了對宇宙的認識和無可限量的想像空間,人生似乎因此也就更多彩更活潑起來。

2018 ／ 03 ／ 19

42

另一種欣賞角度

人生到了某個關口，往往會跳出習以為常的生活層面，開始以另一種眼界看世態，而對於兩性的觀感，也自有別於以往慣常欣賞的角度。

傳統文化裡，女性多傾向於自我保護，而男性則多偏向於自認為可主導一切。一方慣性處於守和犧牲，另一方則是慣性處於攻和攫取。

實際上，如今女子不乏睿智強勢的，男子也不乏生性溫柔的。而古往今來，女子豪氣干雲的所在多有，男子婉約多情的也不是絕無僅見。

在「自製男人」一書裡，作者在女扮男裝混進純男性的活動，實際觀察體會之後，她的感言是 ─ 「你不知道男人有多賤，你也不知道其實男人有多好」。正是這種超越性別之後，才能夠道出的認知和諒解，也才能有足夠客觀的評比和說法。

無可諱言，當今多數的女性，仍離不了傳統社會必須遵守的某些行為規範和制約，最鮮活的例子莫如日本的雅子妃。獨身時期的她，是個多麼出色能幹的現代知性女子的代表。自從嫁入皇室，個人的一切就此消聲匿跡。精神上的不能適應，甚至影響到身體的健康。她的婚姻對她個人的影響，社會上的反應大約不會只有

一種聲音吧？

每回新聞報導雅子妃出現時，她那種謙遜到令人心疼的笑容，真讓人懷疑她的自我都去了哪裡？宇宙對她而言，像是只剩下一個黑洞，卻還是寧可墜毀在它無底無邊又無涯的迷惑之中？

相較於黛安娜，黛妃的殞落固然引人同情，不過情形和雅子妃還是有很大的差距。黛安娜 19 歲嫁入英國皇室，可能還沒形成自我的行事風格。而雅子妃在嫁作太子妃之前，早已在學業和職業上有相當不錯的成績和表現。

英國皇室剛舉行了世紀婚禮，平民新娘凱特自信滿滿的儀態萬千讓人讚賞。相信很多人和我一樣的看法，她應該能夠活出自我，不致像戴妃那般柔弱徬徨。更何況她的老公可不在演雙簧、表裡兩個樣。

經過滿街糕餅店，櫥窗裡擺放著各式蛋糕，總難免不給我一種啟示。不管你給一塊「黑森林」蛋糕的前面安上維也納、普羅旺斯、托斯卡尼等任何冠冕，如果沒有特別的風味和齒頰留香的餘韻，也不過就是一塊蛋糕吧了。有那麼多同類型的蛋糕，隨便換一塊來品嚐又有什麼了不起的差別？

換成性別的相比不也一樣，如果只不過是個女人，形而下之來說，同樣是一個女體，沒有一點特殊的氣韻，又有什麼理由讓人朝思暮想甚至神魂顛倒？好刻薄的比喻？對吧？人心裡的想法其實就是這樣，只不過沒說出口而已。

這或許多少可以解釋，為什麼氣質和性格，才能有持久的魅力？儘管以上的比喻多少有點不倫不類，道理庶幾還是可以相通的吧。

平路說過：「女性不能永遠拿青春和美貌作為賣相」。青春固然無價，但真是短得可以。如果想有自我的一片天，培養厚植自己內在能力的資產，相信是永不會賠本的投資黃金定律。這和時下流行的觀念應該都受到新時代女性的青睞 — 女人要有錢，或說女性要學會理財 — 還是理自己的財。

可別以為我贊成女性在每一方面都得和男性一模一樣。男女有別，主要還在外型上。即使能力超強，學問技能車載斗量，女性也永遠不該放棄外在美的注重與愛好。

當然層次可以有極大的差異，美艷的、亮眼的、婉約的，甚至勁帥中性的都是美，完全看個人的性向和喜好，品味上可能天差地別。

如果認為既然能力上可與男性平起平坐，外型上就可以隨意又邋遢，那可真是一種損失。不只是自我的，也將是世界時尚潮流的殞滅。

有人認為時尚 * 只不過是一種外表的包裝，屬於生活裡的細枝末節，沒什麼好在意的。但我卻認為個人的品味正好會在這裡表現得如魚得水。重點在過與不及的標準在哪而已。

衡量的標準，或許可以訂在 — 你願意只是一個女體，還是願意多點形而上的東西？你願意只讓俊男壯漢血脈債張，還是願意再加多一點心靈的顫動和回眸時的餘韻？如此，你的裝扮準則應該就不難拿捏得準。

男性先別抗議，你一樣有追求美和帥的權利。人類之外的動物，全是雄性的外形較美較特出。而看看古裝劇，古代的男性不也穿得粉紫嫩綠？後來的刻意追求粗獷率性，可能和自認為已經大權在握的潛意識有關？也可能就是要藉此來顯示老神在在和陽剛？

時至 21 世紀，即使俊男帥哥也沒機會好整以暇、高枕無憂。在這個女性意識逐日甦醒抬頭的時代趨勢裡，只有外形的吸引力，保證你即使帥呆了也持續不過十幾二十個寒暑，背後永遠有新浪趕著超越。待你滿頭白髮時仍能魅力無邊，靠的絕對是你內在的

修為。當然也別自信瀟洒到以為突出個鮪魚肚，也影響不了你的
滿腹經綸和能力才華。

或許有人認為麥克麥克也一樣是維持魅力的法寶，但我寧可相
信，那只不過相當於提款機的作用，完全是一種物化。因為主體
已不是你本人，而是你的銀行存底。

好萊塢一向對時興的風潮最為敏感，君不見現在的電影，露點的
機率幾乎是男女平分秋色？而凡事奮戰不懈或一馬當先的，也未
必全是鬚眉獨撐大局？

時代的走向趨勢，讓男女雙方沒有哪一邊能耽於白日夢，也沒有
哪一邊須要刻意自貶。兩性相輔相成固然不錯，互相激勵著競爭
也一樣是美事一樁。全依個人的性向和興趣而定，而不是刻板又
貶抑的人為因素來制定分工。

「誰與爭鋒」這幾個字的含意，該是當今的時代精神，男女雙方
的智能、創意都日漸進入沒有高下強弱之分的爭鋒狀態。這種相
互之間的激勵和肯定，相信會讓世界因此更好、更諧和，也更容
易欣欣向榮。你以為呢？

在我的定義裡，時尚就是裝扮得宜，可不是凡時髦都追，凡流行都趕。

43

再看「咆哮山莊」有感

前兩天電視上演「咆哮山莊」這部電影。

這本書小時候看過，從沒看懂寫些什麼，只留下一份濃重的氣氛：風雨交加、鬼哭神號的既神秘又沉重，至於人物、情節就從沒弄清楚過。

而這部電影裡給我最明顯的印象卻是 — 和書中的氛圍相比，天空太過清朗，陰霾的氛圍不足。當然那是為附和當年看書的心情而言。

想當然，小孩子怎麼會懂得小說裡那種椎心的愛戀？得與失之間的痛苦？而今雖然可以領會了，心態卻早已十分現代化的乾脆俐落。

愛到發狂，對現代人而言可說是相當的天方夜譚。現代的人接觸面廣，又日理萬機，心神要像古時偏鄉野外那種見一個人可能是一輩子的記憶的那份稀罕，是根本無法同日而語的。儘管詩情裡可能那麼描述，畢竟還是虛無飄渺的成份多些。

現代人的感情有點像遊雲，撞上什麼就是什麼，不投緣，各自再去飄流再去碰撞，絕對不是什麼「今生唯一」那麼嚴重的事。理性和權衡的比例可能重要得多。

而又有誰的命運是被牢牢鎖在一個莊園裡，接觸不到外人的？只有小說裡才會出現的情節吧？儘管對這個故事裡的人物及其遭際有所同情，可並不容易感同身受。時代精神本質上的差異，在所難免的影響到欣賞的心情和角度。

如今會讓人椎心的會是什麼？可能會淡淡悠悠的像那首「驛動的心」— 曾經以為我的家，是一張張的票根，撕開後展開旅程，投入另外一個陌生 — 重點就在最後那句：「投入另外一個陌生」。

世界是遼闊的，真情是難遇的。也就是說，即使淡淡的悲傷無可避免，而竟沉重到毀滅自己也毀滅他人，視界和風範相對都過於自私狹窄。遇到真愛是一種幸運，就算遇不到，也自有千百種的生活形態，一樣可以活得瀟灑自在。

像故事中男主角那種為情瘋狂，甚至耗盡一生的精力時間去報復受損自尊的，大約也已是子虛烏有。此處不留人，自有留人處，能在別的境遇裡嶄露頭角，一樣可以春風得意，哪須如此虐待自己？

也或許今天的房舍都不像蘇格蘭高地的那些古堡，年代不夠久遠，儲存不了什麼神秘的傳說和記憶，所以無論發生過什麼情什

麼事，都只在瞬間即已船過水無痕。而新的刻痕和記憶不斷疊床
架屋，舊有的任何故事也就被新鮮的取代。戀情也是如此，昨天
的不順才剛揮別如送走夕陽雲彩，新的浪漫在任哪個街角都可能
迎面得來。

古典裡有我們珍惜的專注和純情，必然也有我們費了幾個世代才
好不容易丟棄的無謂摯著觀念和習俗。也把人心和人身都從某種
禁制中解凍出來。

所以電視裡多數的歷史劇我都不愛看，老是那套忠孝節義，其中
有好些簡直像重複著二十四孝的故事一樣，既迂腐不切實際，還
喳喳呼呼的影響一些人去模仿跟風。演得越生動，潛移默化的功
效越深，其實是很可怕的反向教育。讓很多人毫無理性的停佇在
舊時代的禁錮和框架裡。

除非那些劇種能夠有刷新的內涵和意義，否則很難接受很不容易
下嚥，至少對我而言是如此。

究竟是古典時代的人比較重視自我？還是現代的人？

我想，古典時代的他們專注性較高，比較喜歡定一個共同追隨的
目標；而現代人比較能夠自我開解，目標喜好則相當個人化的各

行其是，但也未必會違情背理。

如果古典小說裡的人也能看到今日的我們，會作何評斷？可能會覺得我們這些新世代的人就像是逐臭或逐香沒有定向的群蠅亂舞？

電視名嘴節目的最後，總要標出幾個字 ─ 以上言論，不代表本台立場。

以上的胡言亂語，賴不到別人頭上，也不能套用「不代表本台立場」這幾個字，不過是偶有所感，直接道來，與各位談笑哈啦。

「咆哮山莊」是英國女作家艾蜜莉‧勃朗特寫於 19 世紀中葉的小說，內容描述在英國一個偏遠的山莊裡，幾個人之間的愛恨情仇所交織的故事。書中的文字相當緊密細緻，氣氛營造得濃郁逼人，是以一般評價遠高於「傲慢與偏見」，被公認為是歷來最感人的愛情故事。名小說家毛姆甚至譽之為世界十大小說之一。

44

多一些神童莫札特的背景

莫札特大名鼎鼎，有哪位喜愛音樂的人會沒印象？然而由於一部電影＊，讓我們認識更多莫札特生活的背景之外，甚至知道了他有位頗具才華的姐姐及其遭遇，這個故事不介紹一下，有點於心不忍的「痛」與不捨。

以下是這部電影裡的敘述：

總是車馬倥傯的疲累和絡繹於途。
總是匆匆的趕場與對權貴的逢迎。

身為宮廷音樂家的父親，帶著女兒娜奈兒與年僅 10 歲的莫札特，長達 3 年之間，連續奔波於歐洲 88 座城市的巡迴演出。

狹窄的四輪馬車裡，擠著四個家庭成員，母親和年齡還小的莫札特困乏得睡著了；莫札特的姐姐娜奈兒無聊地閒看車窗外的風景；那身為父親的，即使在馬車的顛簸中，還在振筆疾書，記錄著他們沿途各地演出的瑣事經歷。

每到一個演奏的城市，一家四口就擠在客棧小小的房間裡。音樂會演奏回來，累趴了，連脫禮服的力氣都沒有，就直接倒在床上。

而外人所羨慕的，卻是一個虛浮榮耀的表象。看他們馬不停蹄的奔走之間，不由得引人思量，究竟天賦的才情和人間的財大氣粗，哪一樣才是使人成為真正可以頤指氣使角色的本錢？

電影最後的一組鏡頭，當莫札特的父親為他設計該如何才能脫逸超群，勝過眾多音樂神童的競爭時，要他寫一齣至少 2 至 3 小時的歌劇，好讓那些王公貴族驚服拜倒。娜奈兒聽見了，在一旁睜大了眼睛，眼光自瀏覽車窗外的風景回望她的父親，然後再轉向窗外的風景，繼之又轉回車內。那眼神，在無言之中，傳遞了內心的驚詫和茫然，也含有一份不解吧？

她同樣能夠做到的事，為什麼就不被鼓勵呢？甚至連父親在教授弟弟莫札特作曲技法的時候，她也未必能夠旁聽。而且強制她絕對不可以嘗試，連拉小提琴也不被允許。雖然她小時候可以拉奏得和她弟弟一樣出色。

在種種她不明白的限制之下，娜奈兒除了沉默以對，永遠只能是她弟弟鋼琴和聲的伴奏，如果她能安於她被指定的角色，就不愁父親的疼愛和讚許。

想來就是古時那種普遍觀念「女子無才便是德」的影響，讓父母不允許女孩子表現得太出眾。而當時只有 16 歲的娜奈兒，就此

默默承受了這種既定的「古制」，讓人十分心疼不忍。

終其一生，娜奈兒都在收集弟弟莫札特的曲譜以供人彈奏和欣賞。她自己直到 32 歲才結婚，嫁給一個已有 5 個孩子的男人。可能，當時沒嫁妝的女孩，無論多漂亮，在婚姻的市場上都難以受到青睞。

她享年 78 歲，一生困頓貧苦，老年還加上眼盲。一個絕對可以和莫札特的天才分庭抗禮的才女，就此度過平凡得不能再平凡的困頓一生。

當他們前往巴黎演奏途中，車轅斷裂送修，不得不暫時借住在巴黎近郊的一座修道院裡。機緣湊巧，莫札特一家因此認識了當時法國皇家的三名公主。她們貴為公主，卻被樞機主教強制安排長住於此，身份雖依然尊貴，實際上卻形同於軟禁。終其一生，可能再也無緣見到她們的生身父母。

皇家的男孩是王子皇孫，理所當然是住在皇宮裡。女孩就得看排行，除了最大的兩名公主之外，其餘的，在政治的場域裡，都秤不上份量，甚至會是一種財務上的負擔。誰說生在帝王家都是金枝玉葉？如果排行不對，遭遇可能還遠不如一個富裕的商賈之家。

其中最小的公主露意莎，聰穎活潑，很有主見。在單調的修道院生活中，一見到莫札特一家人，高興得不得了，立即和年齡相近的娜奈兒成了好朋友。

她知道娜奈兒一家要進宮演奏，就託她幫帶一封信。也因了這個原故，娜奈兒在偶然的機會裡，認識了露意莎在宮廷裡的哥哥 — 剛剛喪妻的皇太子（後來的法王路易十五）。

這位太子爺性情古怪、害羞又陰晴不定。最初娜奈兒是扮著男裝覲見的，太子對她的音樂才華激賞不已。但是因演奏在即，雙方必然會在演奏會上相見，娜奈兒只好主動表明真實身分，皇太子才知道她是女孩。但仍然經常要求她譜曲給他，對她的才華既羨慕又鼓勵有加。

這期間，娜奈兒不顧父親一向的嚴格限制，寫了一首又一首的曲子。甚至家人要離開巴黎到別處演奏時，她仍堅持單獨留下，以教授小孩子們彈奏樂器自立維生。

然而性情古怪的皇太子，有一次召她到凡爾賽宮演奏，卻又當眾在言語上對她羞辱不堪。可能他們年輕的心裡，彼此多少都有了一點愛慕吧，尤其娜奈兒。既年輕又單純，這一次嚴重的羞辱，徹底傷透了娜奈兒的感情。

於是千里迢迢，她追上了正在歐洲其他城市演奏的家人。在一個
靜靜的夜晚，她在小客棧壁爐的火焰邊上，一頁又一頁地燒掉了
她才思泉湧下所寫的所有曲譜，自此甘於平凡，聽從父親的差遣
和指揮。或許可以這樣猜測，父親的嚴格限制，未必能阻止得了
她心靈上泉湧的靈思，而那純真感情上的傷害，倒讓她整個涼了
下來。

歐洲電影的攝影鏡頭，畫面常是很溫和又寫實的，很少賣弄浩大
豪華的場面。儘管電影中實際的背景就是凡爾賽宮，但並不刻意
炫耀其繁華。而是在自然順暢的生活化畫面下，讓人享受到視聽
之娛。

編導的用意點滴融入了鏡頭和人物的對話之中，卻沒有一筆是
波濤過於起伏洶湧，或讓觀眾覺得突兀的，節奏與劇情的進展
不慍不火，好像導演的鏡頭完全只負責拍攝這一家人的日常生
活而已。

電影裡什麼明顯激辯的言詞都沒說，卻選取了讓人絕對看得懂的
內涵和步調，讓觀眾自己去感受、去發掘、去了解。

所以每個觀眾都可以依著劇情和畫面，作另一次的編劇，體會到
一些不同於旁人的歷練和啟示。一部敘述得淡淡悠悠的電影，似

乎比特別明顯強調什麼主義、教條主題的方式，更具威力，更能
引人思量和回味。

這個故事的尾聲，就在少女娜奈兒在馬車裡對父親言語看似不明
所以的眼神裡，漸漸淡去，留給觀眾的，是一份淡淡的悵惘。如
果，如果 —— ，可以有好多如果的假設。但是在娜奈兒那個時
代，這些「如果」都是白搭。

最小的公主露意莎，最後選擇在她成長的修道院出家成為修女。
娜奈兒離開巴黎之前去探望話別。露意莎說：「如果我們都是男
孩，必能雄霸一方。你可以統御你的音樂王國，我可以統治我的
人民，然而我們都生為女孩。現在我選擇出家作修女，好好享受
上帝對我的愛。無論將來見不見面，你都是我最好的朋友，我會
為你祝福。」

這一段言語，可以歸為這位小公主的領悟力超群，或是編劇藉由
她的話，點明了隱而不顯的真正主題？因了間接由皇室之女說
出，又因了她的出家靜修，在靜極冷極的氛圍和步調裡，啟迪了
觀眾的情感和意識，咀嚼電影一路慢慢走來，究竟在說些什麼？

而我可沒那麼冷靜，感慨於她小小年紀參悟得如此剔透，竟忍不
住有些唏噓起來。這部電影觀後，片中的情景和畫面，總在腦海

裡徘徊不去，忍不住寫下一篇觀後，聊表對早已走遠的娜奈兒，以及人間曾經無數類似娜奈兒的佳人，致上一份疼惜和心意。

而導演瑞內・弗萊特（Rene Feret）先生可是位男性，他能如此細膩地體會女性古早時代那種被壓抑被忽視的才華和心情，進而以行雲流水般的手法，不著痕跡地細述了這樣的一個故事，不著痕跡，不發高論，而讓觀眾自己去體會捉摸那份淡淡的哀愁，輕啟人們內在的感慨和思維。對導演的體諒和深切，更要致上一份衷心的敬禮。

莫札特和他的姐姐
由瑞內・弗萊特於 2010 年執導的法國劇情片，獲聖荷西電影節最佳劇情片。

45

颱風天裡，後廂房翻書

像這種霪雨菲菲、颳颱風的日子，呆在書房似乎遠比外出亂晃來得聰明一點。多年來，書房裡累積了不少寶物，書本是重部頭，相簿其次，最後擠進來的，就是無所不包無所不能的電腦。以後如果電子書流行，除了電子閱讀器之外，這些書的地位不知將會如何？倒不是說我個人的態度會如何，而是單指書本在一般書房裡，在一般人的生活裡，將面對怎樣的對待？

曾有位作家說：書房是他留給自己的後廂房，他可以在那裡自在地營造真正的自由以及退隱和孤寂。孤寂於他是一種享受，一種創作的起點，也是靜心閱讀與思考的好條件，而這一切都源於他有一方書房。

此刻的我，對他的話深有同感。即使累積了一整天的疲倦，但坐在書桌前，似乎就又精神抖擻，換上了另一番心境。

偶爾翻開以前的相簿，看到媽媽在溫哥華最後時日的那些照片，媽媽的笑容仍然那麼開心的樣子，但實際上已天人永隔，永遠不可尋了。人生只有經歷過死別，才可能體會得深入，也才會懂得真正的珍惜。

無論死後再前往哪一個世界，至少目前所生活的這個世界的一切都已倏然停止。即使有兒女的懷念，終究有終結的一天。如今自

己不再年輕，想像這個問題，已遠不如先前自以為的天高地遠，
感觸似乎也就沒那麼茫然。

俗話說，塵歸塵土歸土，最後都難免於灰飛煙滅。人的侷限總在
身邊的生活，能跳出生活的瑣碎，才能造就永恆，至少是比生命
本身較為恆長的一種永恆。然而究竟永恆能夠恆久到什麼程度，
沒有人能說得清楚。

書架上已然擺放的書琳瑯滿目，藉著它們，認識了不少古往今來
的作者，甚至把他們都引為人生知己，多年來國內國外的搬遷，
都帶在身邊不離不棄。其中余秋雨、南方朔和張北海的書不少。
張北海和余秋雨都是筆燦蓮花，寫任何題材都可以宛如長江大海
似的淘淘不絕，讓人生羨。回台後又加上了蔣勳。他們都學養豐
富，南方朔比較偏向理性，張北海率性，而余秋雨則感性。蔣勳
是台灣的美學道師，對美學的介紹最多。余光中早年的詩作確是
靈犀不凡，晚來的逸氣難再，但始終用心，使他不愁才盡。都是
作品可讀性極高的作者，只是每人專精的方位不同。

有一本「與神對話」，因了上星期剛看過的電影「普羅米修斯」，
也是探討人之初的想像問題，不免翻開來再略讀一下，它說：「神
學是西方一切人間知識的基礎，不僅哲學一度是它的奴婢，舉凡
倫理、政治、經濟、社會，也都無不從它發軔。除非理解他們的

神學，否則我們很難宣稱說了解西方。因此在西方，人類幾乎與宗教人同義。神是西方文化和信仰的前題。」

另一本「神的歷史」，也在探討這個論題：「人類對神的觀念雖然有著一本歷史，但不同時代的不同人群，對神的概念均有差異。如果『上帝』這個概念不是這麼有彈性，它也就不會存續至今，並成為人類的偉大觀念之一了。當有關上帝的某一個概念不再具有意義，或不再切合實際，它就會被靜靜地丟棄，並代之以新的神學。」

這種觀念大約是一般人從沒思考過的吧？神本身不就是從時間的額頂至今都一個樣子、一樣的律法？竟然也逃不過物競天擇這樣的條件？可見人類自古至今，不僅身形器物在逐日改進，對事物的看法甚至對神的信仰也一樣在改變，以利自我社會的生存和發展。

「我們考察猶太教、基督教、以及回教這三大宗教，即會發現到所謂的『神』與『上帝』，並無客觀觀點，每一代的人都創造著神的影像俾為他們所用。每代人發明著他們的神的影像。

── 人類創造著神的影像，最終極的原因，乃是神代表著人的缺失和人的嚮往。神是人的渴望與動力，藉著不同意義的神，人

們始能安身立命。人之所以還值得拯救，乃是因為一代代的人，總是能藉著創造神的意義來填充他們的缺憾。

每個時代的人創造著不同的神的影像，換成另一種說法，那就是每一代的人，都和神有著一場獨特的約會，那是人神之間的對話，同時也是人對自己的詰問與回答。 —— 而毋寧是一種內心的召喚。祂是人們未曾實現但卻等待著被實現的良心。

在這個人是一切度量衡的時代，神已逐漸變成一個伴侶，一種叮嚀。」

早幾年前，曾在電視節目上，看過一個對「花」的演進的介紹。1 億年前，地球上只有花形花瓣簡單又細小的花朵，後來經過不斷的花粉傳播混種，才漸次演變成現在我們習以為常的繁複品種的花形、花色和花香。

而在今天喜瑪拉雅山巔和新疆的沙漠裡，竟然曾發現過貝殼與海魚的化石，這些地殼上滄海桑田的變化，又經歷了多少春秋才有以致之？

人們總認為自己人生之所見已經歷過千山萬水，哪還能出來個什麼意料之外？順理成章的一切都是理所當然，自天地之始至天地

終結都絕對一成不變，事實上萬物的演變一直不曾稍停。只是人生之須臾，能體見的只是極短暫的一段時光。而又侷處於有限的空間裡，是以總自以為，一己之所見，乃天下不易之真相與真理。任何突兀的聲音，都是叛逆的並足以破壞平靜和諧。只有研究透徹的人，才能有謙卑的心情，但那終究是少數甚至於是異數了。

就說基督教吧，最開始的上帝耶和華絕對是至高無上的，祂的話就是律法，世人毫無條件都得遵行。如果惹到祂發怒，來個洪水就把自己創造的世界淹滅。如果祂對信徒有任何疑慮，可以叫這個信徒把兒子當祭品獻上來給祂，以測忠誠。而到羅馬帝國時代，政治上也一樣高壓，於是有了耶穌的出現，完全以「愛」一個字來收服天下。這也是宗教本身絕對須要的一種轉折，如果沒有有耶穌的出現，沒有祂來承諾「耶穌喜愛攏總小孩、攏總種族」，還像耶和華一樣選定子民，無異畫地自限，相信與之後的發展會有很大的分野。

前後對照呼應之下，我們所處的這個大千世界，好像根本就沒有所謂的恆常吧？只因自身的渺小，反倒自大自狂地以為知古通今？而既然宗教裡對神祇的意義，都可隨著時代和需求而更改，電影裡要怎麼安排怎麼設定這個相關的題材，當然更無須受到任何限制。

這部電影裡改變了以往神至高至大的形象，順應日益興盛發達的
太空科技與幻想，神已化身為另一個星球上更先進的生物。可能
只不過像我們人類一樣，為了證明自我的能力，因而創造了人
類。這個轉化的思想模式，對傳統宗教的虔敬而言，甚至可歸之
為天大的叛逆？

也可以說，人類地位價值的自我提昇，從來也沒如此清楚明白
過。對傳統所謂的神，不過是人類想像的一種更超越的形象；而
如今人類本身，也在做曾經被認為是神祇所做過的一樣的事情。
極力製造機器人之外，也躍躍欲試地想無中生有創造活生生的新
人種。

而萬一這些被人類崇慕已極的神改變了心意，乾脆就意圖把創造
出來的人類一手毀掉。在本質上，該算是一種理性的認知與抉
擇？還是一時的衝冠怒氣？其實這在宗教故事裡，早已有了諾亞
方舟的前鑑，不是嗎？

對一般情況，我都認同「彈性」的說法，它是現代化與進步的基
礎。沒了彈性，一切都容易僵化，等著被改革取代。豈料竟然連
宗教也是如此。

以上所涉及的書本說法，大抵是指西方的宗教而言。至於東方如

道教、佛教、印度教等所講求的，似乎更重視個人自我的修持和頓悟。相關著作固然不少，只不知自己有沒那個參透的機緣與慧根？

東方的宗教涵義，在我個人的觀感，一向視之為哲學與修養的範疇。讀過不少古代文人的詩作，像大文豪蘇東坡和佛印和尚的鬥趣，既富禪機又靈逸浪漫。然而宗教可以用浪漫來形容嗎？說實在，不知。

霪雨菲菲的日子，書房裡眾多書本的誘惑，似乎比天清氣朗時更有魅力。

那天下午在星巴克

尾聲

冥河之外

在人生之後，有沒有魂魄？如果真有魂魄，在還沒渡過冥河的奈何橋之前，他們都在作些什麼？又會以什麼形貌出現？相信依各種不同的宗教與信念而有各種不同的臆測。在我猜，也有可能像朵朵飄飄搖搖的浮雲，在大氣中飄盪不停？

在仰望天空的瞬間，可會對這些可能帶著故事的浮雲深思凝眸？

我們來說幾個與魂魄相關的故事，你信也好，不信也罷，總之本來也都是無法求證的說法。不知今天有沒發燒，胡言亂語，搏你一笑。

* * * * * * *

曾經在人世相識且相慕的兩片雲，在廣袤的空際竟然不期然擦肩而遇，他們自己都有些驚奇，這個空際已離地球表面十萬八千里，這個相遇該是多渺茫的機率？

在世時，男子相貌堂堂，吸引無數妙齡女子的注目與搭訕，男子自知魅力，更是驕矜無限，對這些自動送上門來的佳麗都視若無睹。卻偏偏看上那個恃才傲物、甚至對什麼人都不大搭理的女孩情有獨鍾。

此時此刻真是一瞬千金，居然魂魄還能相遇，男子自然是抓住難

得的機會出聲相邀：聽說人間有部好電影正在上映，要不要一起下去看看？我們現在都無形無影無聲，高興在哪坐都行，小姐意下若何？

女方雖也知道他的俊美，但也了然他的脾性，於是冷眉冷眼地對他說：我好不容易從那個濁世紅塵裡解脫出來，還去什麼電影院？有興趣你自便。講得那個自視甚高的男子簡直尷尬地無地自容。

兩片偶爾邂逅的雲，於是各向自己認定的方向飄了開去。

雖與之前已是生離死別，人世時的個性，在過奈何橋之前卻可能依然不變。

＊ ＊ ＊ ＊ ＊ ＊ ＊

葬禮在哀戚肅穆的氣氛中結束，老閨蜜們都前來對未亡人致意，她們擔心她一時想不開，因為他們夫婦相親相愛的形象深入人心，到哪都相扶持或手牽著手，令人人稱羨。

在一疊聲的安慰之中，不想未亡人輕聲對身邊的閨蜜說：總算擺脫了一個負擔，好輕鬆！

你能定義世間情為何物？

＊＊＊＊＊＊＊

坐滿來賓的靈堂告別式上，男未亡人在講壇上淚眼滂沱，嘶聲對去世的妻子哭訴著：我愛你，很快就會來找你了。

全體來賓莫不感動莫名，深深為女方稱慶，她先生果然沒有辜負她一生的付出和犧牲。如果她能聽到這些告白，該是多大的安慰！

豈料第二年，已盛傳男未亡人攀附上一位名媛，即將舉辦盛大婚禮。現在不比當年，他已經是富豪級人物，哪會像當年娶親那麼寒酸。

婚禮當天，男未亡人光鮮異常，訂製的新西裝筆廷，早上才特意去吹了個時髦的年輕髮型。

走上禮堂前的台階時，他總覺得頭上的雲朵怎麼飄浮的有點異常，幾乎要貼上他的頭髮了，蒼白的髮絲好像和雲絲牽扯著一樣，讓他心中不免一愣，突然想起了年輕時帶著還是女朋友的前妻出遊，摩托車加油總只加一半。前妻家境富裕，說什麼也想不通這小子為什麼這麼不怕麻煩，不是一次把油加滿呢？原來他窮

措大一個，擔心油一次加滿，就沒餘錢了。但女友還是跟定了他，還帶著豐厚的嫁妝。

說也奇怪，天清氣朗的，那朵緊貼著他髮頂的雲突然成了一潑水，整個潑上他全身，讓他頓時狼狽萬分，新髮型和筆挺的西裝全變了個樣，旁邊的人卻半點水都沒沾到。而在水滴洒落的同時，老眼昏花的新郎，望著眼前那些晶瑩的水珠，還以為又有誰給他撒了把亮燦燦的鑽石呢。

＊＊＊＊＊＊＊
在人世時，一對男女突然電光火石地互相吸引，女人欣賞男人真正有擔待，應該是她最欣賞的典型，也認為他是世上最可依靠的肩膀。結婚多年來，對婚姻生活的失望，讓她對眼前這個最有擔待的男人總也念念不忘。

男方初見她時幾乎目不轉睛，甚至在眾目睽睽下也不知避諱。等她離開時甚至轉身繼續凝視，為她特殊的氣質所深深吸引。

但雙方都已成婚，各有各的家庭。何況世界上越是憑自己努力不懈獲得名望的人越怕出錯，最怕惹事生非。儘管內心愛慕，衡之於現實，又擔心名望竟一夕成灰，最後都不得不明智的退卻。

女方的癡情讓她感覺，此生著實是錯過了時也錯過了地，一切無望，於是冥想來生能夠相伴相隨，即使來生不遇，再用一生等待也在所不惜。

不意這時她看到了一則佛祖的故事，有個女孩為她愛慕的人，守候了兩千年之久，一千年化為一座石橋扶手邊的大石，一千年化為一棵繁花似錦的大樹，開滿香花，卻待在人煙稀至的荒郊野外，歷經兩千年的寂寞與守候，忍受風吹日曬的煎熬，最後也不過是男方經過樹下時抬頭望了她一眼而已。

至此那女孩突然醒悟過來，為了愛慕，她本來可以再多守候一千年的，但不得不想想究竟所為何來？世上人間怨懟的夫妻何其多，又能維持幾年？也不過身陷柴米油鹽間的團團轉而已。

女子想想前一世在為人為生活的多少煎熬忍耐，只為不願引起夫婦之間的白眼和爭執，默默忍受過多少委屈。於是她毅然決定，絕不重覆故事中那女孩所做的傻事，時空錯過就是永遠的失落，今生能欣賞到一個也就夠了，來世再也不墜如這個迷妄之中。

她慶幸在還沒走上奈何橋之前的澈悟，不禁令她大大鬆了口氣，鬆手將緊扣在手掌心中那個預備永生不忘的名字丟掉。來生就是新生，她願意從最一無所繫的單純再重新開始。

臨行前的感悟

昨晚學生傳來了篇「與孤獨相處」，這段時間，肺炎病毒到處瀰漫，多數人都得留在家中獨處，正是個可以沉澱自我的好機會。於是翻出書再欣賞一遍，一讀之下，發現裡面講學理的多些，講感覺的反而少。

是不是一般人就是喜歡這種賣弄得有點學問的調調，才會感覺書本的份量比較足夠？而我自己的散文，就偏偏不喜歡賣弄這些學問之美，總是直述我心，讀者會怎麼感覺？會心？還是覺得太淺白？真是不得而知。不過現在突然對那些佶屈聱牙的東西興致缺缺，算是返樸歸真？

或許這一次經歷了人生生死線的來回，多少給我一些感悟，越自在的越好，故做姿態怎麼說都是多此一舉，能免則免。賣弄的再多再炫，最後也逃不了一去不返。

如今我留在人間，有如作客一樣，時間長短不定，可能瞬間就走，於是什麼固執己見都顯得有點不知融通的呆頭呆腦，最後也不過就是放下放下，有與誰爭鋒的必要嗎？

雖說我人在家裡，但也沒有什麼歸屬感，因為這不過是人間短暫的一截時光而已了。不像年輕時，一切都要費心費力經營到自己認可的地步。現在終於了悟，無論我多麼執著，總有走的時候，

而且那個時刻未必天長地久的遙遠。於是距離感驟然產生，即使與再熟悉不過的人與物，突然都似籠上了一層相敬如賓的紗或霧，總歸還是要各歸各的，無論你惟心與否。

但也因了這份了然，心境倒寬和不少，人生一路走來，多少的夢寐以求，多少的今生難忘，卻突然了解，那都是自我的一份企盼而已。在臨去的時刻，你會突然領悟到人生其實何其短暫，跨過生死線之後的，才算得上永恆，前面是每個人努力為自己人生的演出，無論是悲是喜，最後都將消溶於無形無聲無影。如此的心境，怎麼可能還會對什麼有執著不放的念頭？只會坦然笑自我曾經的癡曾經的迷，曾經的不知天高地厚，曾經的時務無知。

我可以走的心安理得，沒有心頭的負擔，做為一個人，我盡了一切本份，為家人、為親戚、為朋友，甚至為故意敵視我的人。從年輕時代就克服身邊所有的逆境，朝自認為理想的境界奮力，如今回過頭看看，還會為自己的堅持而澎然心動。雖然談不上什麼成就，但從谷底上昇的毅力，連我自己都要給予鼓勵。或許那樣會讓我的神魂在空明中也飄蕩得更加輕鬆自在吧？

夜色中的饗宴

晚上入睡之前，我總有一段享受饗宴的時光。你會好奇吧？入夜
了，在自己的臥房還會有什麼樣的饗宴？其實說穿了，也就沒什
麼神秘可言。

對著床，我懸掛了一幅畫，畫著一大片渾圓的荷葉，旁邊襯著些
小葉尖與一朵荷花，全是水墨色，可能曾加了少少些許石青，整
個畫面素淨之至，最熱鬧的是花和葉之下的幾隻小青蛙，姿態都
在做蹦跳狀，色澤每隻濃淡不同。看著牠們的熱鬧活潑，好像鼓
譟的蛙鳴聲都從畫中傳了出來，就取名「蛙聲十里塘」。看著看
著，我也加入了牠們夏夜的饗宴，心情不由得也感染到一種純粹
的歡愉。

而定定神來看，我最欣賞那片置頂渾圓的大荷葉，不但墨色一氣
呵成，葉緣還有溶溶的一圈水漬，是水墨在萱紙或棉紙上才能出
現的特殊趣味。英國水彩畫有名，可以把倫敦的霧氣畫得水溶溶
的，但卻出現不了這種似帶著皺折與裂痕的水漬效果。當時邊玩
邊畫，記不得自己是不是在一筆勾畫荷葉之後，又用飽含水墨的
筆再掃了葉緣一圈？看到這個不意之下渲染出來的效果真是既驚
又喜。

我之所以會從年輕時代只畫西畫而轉往國畫的一個主要原因，就
在欣賞水墨在宣紙上暈染的特殊趣味。

當時立即拿去裝框裱被，從新加坡回台也不忍捨棄，像寶物一樣帶了回來。

豈料它如今竟是我夜夜入夢前的一場視覺饗宴，與眾蛙同樂之外，在新加坡學畫時與那些熱情友人的回憶也時時讓我懷念回首。當時我們畫畫之餘，常相約一道去維多利亞音樂廳聽音樂會、欣賞芭蕾團的演出，自命我們是一群「golden girls」的快樂夜遊。

上課之後的午餐更是吃遍了迷你島國的各式佳肴，印尼餐、泰國餐、印度餐、馬來餐，還有當地很盛行的潮州餐廳，它的芋泥甜點至今懷念。有時繪畫老師帶著我們去組屋「國民住宅」裡的有名餐廳，更是價廉物美，也只有道地的當地人才可能熟門熟路。而其他很多餐廳都是開在保留區的老建築裡，厚實的大紅門、高台階，處處古趣昂然，雖然都是小小一間，卻很有當年富豪人家的氣勢，與新加河畔的那一溜老房子在厚重和氣韻上有很大的差別，很足以讓人感染到遠在當年的繁華與多金。讓我連想到書中和電影裡述及山西平遙的那種建築風味 *。我們滿足的不只是味蕾，同時也享受了當地古老民生所遺留下來美色淳厚的建築精華。

新加坡全島，大約只有芽籠這個地方我們沒去過，後來在遠派東

南亞的名記者梁東屏的文字裡才知道，它是新島集中管理的紅燈區。連這種行業都管理得頭頭是道，人性的本色與理性的規範全不遺漏，你才不得不佩服他們政府設想的嚴密和周到。

有一回大家約好了去一家餐廳，我不知道地方，開了輛紅車的朋友說，沒關係，你跟著我的車就好，她的意思是紅色畢竟比較醒目好認。等開了一段距離之後，我定睛一看，糟糕，前面那輛紅車裡的駕駛人不是我那位朋友耶！這下可好，我跟錯車了。這時手機響了，她們指定一個最好認的地方，要我開到那裡，她們會開車來接引。從那之後，住的較近的一位朋友說她來我家接我就好，不用自己開了，免得哪天如果約了在山裡的哪個餐廳吃飯，不把她們等得緊張死才怪。

剛從醫院回來時，醫生說我只有兩個月的存活時間，擔心來不及和她們道別說 farewell，急急聯絡，沒想到她們輪流每人一天寫一則 messenger 給我，鼓勵鬥志之外，也說她們自己的生活，好引我對病痛的分心。這份心懷，經常看得我泫然欲泣，更加懷念那裡的人，那裡的景致與那裡燦爛的陽光。

其實我一向是路癡，敢在新加坡開車主要是它治安好，方圓只有兩個台北那麼大，而且台灣的駕照可以直接換新加坡駕照，不開開車過過癮，怎麼對得起我在台北好不容易考來的駕照？我經常

一開就到了樟宜機場，也不過吃頓午飯就開回市區。

有一回去上聲樂課，看看離上課時間還早，就多開點路，好多欣賞一點比較郊區的風景。豈料這一開就轉不過頭來，哪條路都不對，好不容易總算摸回到聲樂老師家。一進門老師就說，你今天遲到了不少時間哦。我只好招認，不是有意遲到，而是不知道自己開到哪裡去了。雖是迷你島國，畢竟我不知道的地方還多著呢。

這種烏龍也只能在新加坡鬧鬧，如果換到美國，老天，不知穿州越界的會開到哪一州去。可每天出門都是當地最熱鬧的烏節路，就是直直一條那麼一段，長時間總開那一段還真無聊，到處跑跑也算是消磨時間的方式之一。如今回想，還是會笑自己當年的「能幹無比，勇氣無邊」。

面對著我，你可能會有個錯覺：這人不笨。可什麼糗事、傻事我都做過。該怎麼解釋才比較合情合理？可能還是那句老話最傳神：人不可貌相？

雖在病中，也得自找些樂趣聊聊分分心神，而什麼最樂呢？不外就是回想自己較年輕時的種種樂事、糗事；再來，應該是邀你也來參與我夏夜獨一無二的饗宴吧！

張藝謀的「大紅燈籠高高掛」，講的就是山西平遙的大戶人家。
然事實上那裡主人的生活沒那麼糟不可言。

哼唱之間

這種疫情高漲的日子，加上有病在身，外出的機會實在有限，呆在家做什麼好？多數就是自己一個人玩玩撲克牌，隨興低吟幾首老歌。這才發現這病真厲害，不但讓我骨瘦如柴，連聲音都變了，說話有時很沙啞，唱歌更是不堪入耳。還好也不過自己過過癮而已，偶爾也會因為走音而嚇一跳。然而對歌詞倒是真正在用心品味了。

有首歌詞裡 ──「可歎人生比朝露，青春少壯幾時好」，以往對於別人形容生命如朝露的感受很淡然，由朝露而至青壯年，不都是健步如飛、自在如風的日子，有什麼不好？又從何生出感慨？而在這個生死關頭，對朝露、對少壯的感受就特別敏銳又強烈多多。多美好的生命，而今能掌握的還有多少？「來如春夢不多時，去似朝雲無覓處」，不是嗎？人生只剩下對過後去處的一份遐想，其實什麼也抓不住了。

另一首小學就學過的中國名曲「山在虛無飄渺間」，即使到高中的音樂課也有它出現，卻一向沒有去體會它歌詞的涵意，只學會了一些美美的詞句。而今天哼唱中才細細體會到：這首歌的歌詞可分成兩大部份。前段說著道觀的美好，後段點明人類的愚癡。

開始的風景「香霧迷濛，祥雲掩擁，蓬萊仙島清虛洞，瓊花玉樹露華濃」，該是說著一處道觀的寧靜祥和，美景處處，也就是說，

如果平心靜氣，自然所遇所見都是人生的美景。奈何眾生總為情所苦，中間來了個大轉折，「卻笑他，紅塵碧海，多少癡情種？離合悲歡，枉作相思夢。參不透，鏡花水月，畢竟總成空」。多數的人生不就是這樣始又這樣終的？從古至今，小說、戲劇，到現代的電視、電影，哪樣缺得了這個主題？

哼唱之間，感覺這首歌很有道家勸世醒世的味道，儘管完全沒有說教。在你細細體會之下，也就是只要心態放空，你就進入了虛幻迷離的神仙境界。

然而世人如果都這麼冰雪聰明，有遠見又能夠體會感悟，那麼地球上的諸多問題根本無須費心，到時候只要卡通影片裡那兩個小機器人瓦力和依芙來清理就好。可即使是機器人的瓦力和依芙也是一男一女的搭檔耶！可見這個觀念已經太深入人心，沒有回頭的餘地了。

病中閒來無事，腦袋卻不至空空，無聊話特多，愛聊天的本性不改，而對話題未必每個人都一樣的想法，這才有交流的趣味，是不？ ^-^

那天下午
在星巴克

國家圖書館出版品預行編目 (CIP) 資料

那天下午在星巴克 / 王運如 著 .
 -- 初版 . -- 臺北市：樂知事業有限公司 ，
2022.5 面 ； 公分
ISBN 978-986-94379-8-1(平裝)

863.55　　　　110015923

作者	王運如
總經理暨總編輯	李亦榛
特助	鄭澤琪
主編	張艾湘
視覺構成	古杰

出版	樂知事業有限公司
地址	台北市大安區光復南路 692 巷 24 號 1 樓
電話	886-2-2755-0888
傳真	886-2-2700-7373
E-MAIL	sh240@sweethometw.com
網址	www.sweethometw.com.tw

台灣版 SH 美化家庭出版授權方公司

IESG

凌速姊妹（集團）有限公司
In Express-Sisters Group Limited

地址	香港九龍荔枝角長沙灣 883 號億利工業中心 3 樓 12-15 室
董事總經理	梁中本
E-MAIL	cp.leung@iesg.com.hk
網址	www.iesg.com.hk

總經銷	聯合發行股份有限公司
地址	新北市新店區寶橋路 235 巷 6 弄 6 號 2 樓
電話	02-29178022

印製	兆騰印刷設計有限公司
定價	新台幣 380 元
出版日期	2022 年 5 月初版一刷

in my mind

in my mind